魔力

The Secret

魔力

朗达·拜恩

图书在版编目（CIP）数据

魔力 /（澳）拜恩（Byrne, R.）著；郑峥译 .—长沙：湖南文艺出版社，2012.10
书名原文：The Magic
ISBN 978-7-5404-5766-2

Ⅰ . ①魔… Ⅱ . ①拜… ②郑… Ⅲ . ①成功心理—通俗读物 Ⅳ . ① B848.4-49
中国版本图书馆 CIP 数据核字（2012）第 211295 号

著作权合同登记号：图字 18-2011-316

上架建议：心灵励志

The Magic 魔力

作　　　者：	（澳）朗达·拜恩
译　　　者：	郑　峥
出　版　人：	刘清华
责任编辑：	丁丽丹　刘诗哲
监　　　制：	蔡明菲　潘　良
特约编辑：	温雅卿　汪　璐
营销编辑：	刘碧思
版权支持：	辛　艳
封面支持：	张丽娜
出版发行：	湖南文艺出版社
	（长沙市雨花区东二环一段 508 号　邮编：410014）
网　　　址：	www.hnwy.net
印　　　刷：	三河市鑫金马印装有限公司
经　　　销：	新华书店
开　　　本：	875mm×1160mm　1/32
字　　　数：	180 千字
印　　　张：	8.5
版　　　次：	2012 年 10 月第 1 版
印　　　次：	2014 年 4 月第 4 次印刷
书　　　号：	ISBN 978-7-5404-5766-2
定　　　价：	29.80 元

（若有质量问题，请致电质量监督电话：010-84409925）

"由此可得世界之荣耀。"

翡翠石板（约公元前 5000—前 3000）

献给你

希望《魔力》为你打开全新的世界
为你的生命带去喜乐

这就是我想要给你的
也献给这个世界

致谢

本书创作之初，我独自享受着写作的喜悦；感觉只有宇宙和我的存在。渐渐的，圈子不断扩张，越来越多的人参与其中，他们每个人的知识和阅历，都对本书的面世帮助巨大，最终成就了你手中拿着的这本新书。下面提到的这些人，是这个圈子的重要组成部分，他们让《魔力》得以抵达你的手中。

感谢，感谢，感谢我的女儿斯凯，陪伴在我身边，不知疲倦地帮助我完成文字的整理工作，以及乔希·戈尔德，他在自然科学方面的造诣和研究方法，帮助我将科学发现同宗教经文关联起来。我还要感谢我的编辑——奇妙文字出版公司的辛迪·布莱克，她直率的工作方法和探索精神，鞭策我成为一个更好的作者。我还要感谢尼克·乔治，他为本书贡献的充满创意的内页插图和封面，完美诠释了本书的主题。

我还要将由衷的谢意献给葛泽传媒的夏姆斯·霍尔和卡拉·霍顿，感谢他们对本书插图和文字部分的编排。我还要感谢《秘密》团队，他们作为我创作的强大后盾，和我一同迎接了本书的诞生；我还要特别感谢我的姐妹简·柴尔德，她负责整个出版团队的运作；感谢安德里亚·凯尔，她负责庞大的创意团队；感谢保罗·哈林顿及我的姐妹格伦达·贝尔，他们同摄像师拉菲尔·基尔帕特里克以及团队的其他成员一起为本书制作出一张张神奇的图片。另外，还要感谢《秘密》团队的其他成员，他们虽然默默无闻，但功不可没：唐·泽伊克，马克·奥康纳，麦克·加德纳，罗丽·莎拉波夫，科里·约翰辛，查依·李，彼得·伯恩，以及我的女儿海莉。

*感谢，感谢，*感谢出版商亚德里亚图书和西蒙与舒斯特出版公司：谢谢卡洛琳·蕾蒂，朱迪思·柯尔，达林娜·德利罗，崔思妮·范，詹姆斯·珀文，金伯利·戈尔斯坦，以及伊索尔德·索尔。很幸运能够拥有这样神奇的团队。

*感谢，感谢，*感谢安吉尔·马丁·贝拉约斯给予我的精神指引、爱和智慧，感谢我的姐妹波琳·弗农以及我的挚友和家人们，感谢你们对我工作的一贯支持和鼓励。同时，将我最真挚的感谢献给数百年前洞悉人生真谛的伟大灵魂，因为他们，我们才恰巧在激动人心的人生转折点——听到、看到他们曾经留下的伟大文字。

目录

你相信魔力吗?

"那些不相信魔力的人将永远无法找到它。"

罗尔德·达尔（1916—1990）
作家

还记得你孩童时代充满懵懂和好奇地关注生活的情景吗？生活对你而言充满惊喜和不可思议，不论是凝结在草尖的霜、从身边振翅飞过的蝴蝶，还是形状迥异的叶片和石块，任何微小的事物都会引起你的无限惊奇。

你在牙齿脱落时满怀兴奋，因为那意味着传说中的牙仙今夜将翩然而至。你掰着手指一天天地数算日子，期盼着神奇的圣诞节赶快到来！哪怕你无从想象圣诞老人是如何在一晚上看遍全世界的孩子，他竟然做到了，且从未让你失望。

会飞的驯鹿、花园里的精灵、像人类的宠物、有个性的玩具，梦境变为现实，而且你能触摸到天上的星星。你心中喜悦充盈，想象力自由驰骋，生活在你眼中充满了魔力！

　　童年时我们都会有一种微妙的感觉，任何事物都很美好，生活每天充满冒险和惊喜，在魔力的庇佑之下，我们的快乐无可阻挡。当我们长大成人，责任、问题以及种种艰难纷至沓来，幻想破灭，儿时为之神往的魔力渐渐消失不见。这就是为什么我们喜欢和孩子待在一起，那样能让我们重温儿时的感觉，哪怕只有短短一瞬。

　　在此我想告诉你：你曾相信的魔力是真实的，虚幻不实的是我们这些成人心中对人生坍塌破碎的信念。生活中的魔力是真实的——就像你的存在一般真实。事实上，生活远比你童年时所设想的更加精彩，比你以往所见到的任何事物都要令人屏息、敬畏和激动。当你知道怎样做才能创造魔力时，你就会过上那种梦寐以求的生活。之后，你会惊讶于自己之前怎会有要放弃相信魔力的可笑想法！

　　或许你无法见到驯鹿飞翔，但你将会看到期望已久的事物现身眼前，你会看到梦寐已久的情境突然发生。你永远无法理解这当中有多少因素交织实现了你的梦想，因为魔力作用于无形——这正是它的神奇之处！

你准备好再次体验这魔力了吗？你是否打算回到儿时充满好奇和惊喜的生活？准备好迎接魔力的降临吧！

我们的冒险始于两千年前，那段隐藏着改变生命历程的重要资讯的圣文……

一个伟大秘密
的揭示

下面这句话来自《圣经·马太福音》，它神秘而又晦涩，数千年来许多人误读了它的含义。

"凡有的，还要加给他，叫他有余；没有的，连他所有的也要夺去。"

当你读到这句话时，肯定感觉它说得有失公允，好像富人会变得更加富有，而穷人将更加贫穷。其实这段话隐藏着一个未解之谜，等待人们将它揭晓，谜底一旦揭晓，一个全新的世界将在你眼前展现。

这句数千年来被人误读的话语，其中暗藏了一个谜底：**感恩。**

*"心怀**感恩**之人将被赐予更多，变得富余。不存**感恩**的，连他所有的也要夺去。"*

正是"感恩"这个简单的词语，让这句话的内涵瞬间变得清晰。虽然历经两千年的历史，但它在今天仍被奉为真理：那些无暇感恩的人，永远不可能获得最大的满足，而他所得到的，也终将失去。魔力所应许的将会发生，感恩之情就隐藏在这些话语中：心怀感恩之人将被赐予更多，变得富余。

感恩所应许的，在《古兰经》中同样得到彰显：

"你们的主曾宣布说：'如果你们感谢，我誓必对你们恩上加恩；如果你们忘恩负义，那么，我的刑罚确是严厉的'。"

不论你信仰何种宗教，也不论你是否信教，《圣经》和《古兰经》中的话语都适用于你或是你的生活，因为它所揭示的是整个宇宙的普遍规律。

这是普遍的法则

感恩如宇宙法则一样运作并支配着你整个人生。正如同吸引力法则支配着宇宙间所有能量的运作，从原子的形成到星球的运行。"物以类聚"的吸引力法则能让生物体的细胞聚合成形，保证了物体的现实存在。在你的人生中，这条法则支配着你的思想和感情，因为它们也是能量，无论你在思考什么，你的感受如何，你都会和内在的自我相吸引。

如果你脑子里想的都是："我不喜欢这份工作""我赚的钱太少""我找不到完美的伴侣""我付不起账单""我想我是要生病了""他或她不欣赏我""我和父母相处得不融洽""我的孩子可真让人头疼""我的生活一团糟"或者"我的婚姻出现问题了"，那么这些麻烦就真的会被你的思想所吸引，来到你的身边。

可是你如果心怀感恩地审视生活："我喜欢我的工作""家人一如既往地支持我""我度过了一个精彩的假期""今天的感觉不错""我得到了迄今为止最大一笔退税款"，或者"我和儿子周末进行了一次美妙的露营"，而且你由衷地感恩，吸引力法则告诉你你必定会吸引更多这些事物到你的人生中。它的原理如同磁铁吸引金属：感恩像磁铁一般带有磁性，你的感恩之情越强烈，越多的恩福就会被你吸引而来，这就是宇宙的自然法则！

你一定听到过类似的话语："种什么因，得什么果。""种瓜得瓜，种豆得豆。"以及"付出什么，就会收获什么"。这些话阐释了一个相同的道理，也揭示了艾萨克·牛顿所发现的那条普遍规律。

牛顿的科学发现揭示出宇宙中运动的基本法则，其中一条这样说道：

每个作用力都有一个大小相等、方向相反的反作用力。

对于感恩这个概念，牛顿的运动定律同样适用：每一个施与的感恩力，都会产生一个反作用力——获得。这就意味着每一次感恩，都将换回一次收获！感恩越强烈、越真挚（换句话说，你投入的感恩越多），你的收获就会越大。

感恩的金线

上溯到几千年前，人类开始出现文字记载时，感恩的力量就开始被人类颂扬和奉行，此后历经数个世纪，感恩的力量横扫各大陆，从一种文化渗透到另一种文化，基督教、伊斯兰教、犹太教、佛教、锡克教，以及印度教，（各大宗教）无不包含有感恩的教义。

穆罕默德说：对所获得的心怀感恩，能庇佑你的生活维持长久的富足。

佛曰：你唯有学会感恩、惜福。

老子说：知足不辱，知止不殆，可以长久。

奎师那说：对所遭遇的欣然接受。

大卫王曾发出对天地之间万事万物的感恩之词。

耶稣在每一次显圣之前必先表示谢意。

从澳大利亚的土著居民到非洲的马赛和祖鲁部落，从北美洲的纳瓦霍族、肖尼族和切罗基族到塔希提人、因纽特人和毛利人，感恩的施行已经深深植根于这些部落的传统之中。

"清晨起身，感谢晨曦，感谢你的生命和力量，感谢盘中的食物和生活的美好。假若你找不出感恩的理由，那么责任全在于你自己。"

特库姆塞（1768—1813）
美洲印第安肖尼族首领

历史上有许多名人奉行感恩，而他们的成就让他们跻身于有史以来最伟大的人物之列：甘地、特蕾莎修女、马丁·路德·金、莱昂纳多·达·芬奇、柏拉图、莎士比亚、伊索、布莱克、爱默生、狄更斯、普鲁斯特、笛卡儿、林肯、荣格、牛顿、爱因斯坦等。

爱因斯坦的科学发现完全改变了我们看待宇宙的方式，而当被问到他的巨大成就时，爱因斯坦只说要感谢其他人。有史以来最聪明的人之一每天感谢他人所做的一切超过一百次以上！

爱因斯坦解开了生命的无数奥秘有何稀奇？他成就了人类历史上最伟大的科学发现又有何稀奇？他生命的每一天都不曾忘记感恩他人，因此，他也收获了丰厚的回报。

当人们询问艾萨克·牛顿是如何取得那些伟大的成就时，他回答说自己是站在了巨人的肩膀上。艾萨克·牛顿，一个被认为是对科学和全人类做出了最伟大贡献的科学家，对他的前辈和老师同样怀抱深深的感恩。

科学家、哲学家、发明家、发现者、先知，凡是心存感恩的必将获得回报，他们中的很多人都意识到感恩的魔力。然而今天，许多人仍未知晓感恩的力量，因为只有通过练习，你才得以体验它的魔力。

我的发现

我的故事可以有力地证明：一个不懂得感恩的人，最终将会沦落到何种境地；而对于将感恩当作习惯的人，生活又将是怎样美满。

六年前，如果有人问我是否是一个懂得感恩的人，我将会回答："是的，我当然是。收到礼物时，别人为我开门时，或是别人为我做了事情时，我都会表示感谢。"

但事实上，我一点也不懂得感恩。感恩真正意味着什么，我并不清楚，对那些琐碎的小事说声*谢谢*，并不代表我是个懂得感恩的人。

不懂感恩的生活十分难熬。我债务缠身，而且它们与日俱增。我十分卖力地工作，但经济状况依然没有改善。我试图偿还债务并承当起生活的重担，这让我不堪重负。我同身边人的相处时好时坏，因为紧张的生活让我无暇应对人际关系。

虽然我的身体在别人看来还算"健康"，但每一天我都感到精疲力竭，感冒、发烧几乎是家常便饭。和朋友们一起出去闲逛，或是外出度假，只会让我获得短暂的快乐，但是就在那个时候，必须要更努力工作以便为那些欢愉埋单的现实，突然向我袭来。

　　这不是生活，仅能称之为生存——我度日如年，只为等待每个月收取薪水的那一天。老的问题还没解决，新的问题接踵而至。

　　后来发生了一件事，令我之后的生活发生了翻天覆地的变化。我发现了惊人的秘密，基于这一发现，我试着每天都练习感恩。结果，我的生活获得全然的改变，感恩越强烈，收获的惊喜就越多。生活仿佛被施了魔法一般。

　　我第一次偿清了全部的债务，很快我有了足够的金钱去做我想做的事。人际关系、工作及健康方面的问题通通消失不见，取而代之的是每天出现的奇迹，我的生活中好事连连。我变得更加健康、也焕发了活力，状态甚至比我二十岁时还要好。我的人际关系也因此得以改善，这几个月来，同家人和朋友共度的时光比我此前经历的都要美好。

　　更为重要的是，我感觉这份幸福超出了期望。我心中充盈着喜悦——前所未有的喜悦。感恩改变了我，我的生活也出现了不可思议的改变。

将魔力
带入你的生活

不管你是谁，不管你身处何处，不管你周遭的环境如何，感恩的魔力将使你的生活获得全然的改变！

我曾收到过数以千计的来信，它们都来自那些曾经极度潦倒、后来依靠练习感恩改变了生活状况的人。我见证了感恩在那些病入膏肓的患者身上缔造的奇迹。我见证了无数桩婚姻得到挽救，破碎的关系重修圆满。我还看到有人从一贫如洗到飞黄腾达，有人从绝望的谷底直冲幸福的巅峰。

感恩能让你同他人的关系更加和谐、有意义，不论现在你们的关系如何。感恩还能奇迹般让你的生活变得富足，让你有足够的金钱去做你想做的事情。感恩能够改善健康、让你获得想都不曾想过的幸福感。感恩施展着它的魔力，让你的事业一帆风顺，成绩斐然，或是助你获得心仪的工作及任何你想达成的目标。事实上，不管你想成为什么样的人，想做什么，想要什么，感恩都可以帮助你实现。感恩的魔力会让你今后的生活光彩夺目！

心存感恩，你就能够洞悉生活究竟哪里出现了问题，你的生活到底缺失了哪样东西。感恩的生活态度，会令你在每天醒来时为自己还活着而感动，你会发现自己对生活充满了热爱。所有事情都将轻而易举，你会感到自己的身体轻盈得像一根羽毛，那种幸福感是你从未体会过的。生活或许会有挑战，但是你知道如何克服它们，并从中有所斩获。每一天对你来说都充满神奇，生活将再次回归孩童般的魔力世界。

你的生活充满魔力吗？

你现在就可以告诉我你到底对生活怀有多少感恩。审视生活的各个方面：金钱、健康、幸福、事业、家庭、人际关系。凡是那些你认为比较优越的方面，必然是因为你对其心怀感恩，富足和美满也必然是对你感恩之心的回馈。那些你认为不尽如意之处，也正是因为你缺乏感恩之情而造成的。

有这样一个简单的事实：不去感恩，你将不再获得回馈，生活的魔力也会随之消失。当你不感恩的时候，你阻断了更佳的健康、更好的关系、更多的欢乐、更多的金钱供给，以及你的工作、职业或是事业的发展。欲先取之，必先予之，这是感恩的基本法则。用感恩表达你的谢意，做不到这一点，魔力将离你而去，你就无法获得所期望的生活。

不感恩的底线在于一边索取，一边毫无感觉，将索取认为是理所当然的。我们一旦身处这种状态，就等于是在毫无防备地从自身这里索取。吸引力法则曾说过"物以类聚"，因此，我们理所当然地索取，也终将被索取。记住："不存感恩的，连他所有的也要夺去。"

人一生中总会有某些时刻心怀感激，然而要想见证感恩的魔力为你的生活带来神奇的变化，你必须不断尝试，让感恩成为一种生活态度。

魔力公式

"知识是一座宝库，而实践是开启这座宝库的钥匙。"

伊本·赫勒敦（1332—1406）
学者、政治家

从古代的神话传说中我们可以知晓，在施展魔法之前，人们通常要念一段"魔咒"。要施展感恩的魔法也同样如此，你首先要说的魔咒就是：感谢。我不知如何表达，才能让你明白

"感谢"对你的人生有多重要。想要心怀感恩地生活，见证感恩为你的生活带来的魔力，你必须有意识地使用这句话，并充分理解它的重要性，它得成为你的一个标签。"感谢"是通往你理想生活的桥梁。

魔力公式：

1. 有意识地思考并说出魔咒"*感谢*"。

2. 越频繁地思考和说出这句魔咒"*感谢*"，你的感恩之情就越强烈。

3. 你所思考和感受到的感恩越多，你的收获就会越多。

感恩是一种感觉，因而练习感恩的最终目的，是让你尽可能地觉察它，这一过程会催生出力量，推动魔力出现在你的生活中。牛顿定律体现的是相对性——你给出去的，就是你会得到的，很公平。这就意味着你提升了对感恩的觉察能力，生活的各个层面也会公平地回应你！这种感觉越真切，你的感恩就会越真挚，生活的变化来得就越快。

当你发现只需要如此少量的练习，那么容易就能把感恩融入你的日常生活，当你看到感恩为生活带来的美妙改变时，你将永远不愿回首过去的生活。

　　生活的改变程度，取决于你练习感恩的频率，少许练习，只能换来微小的变化，而日复一日的练习，会让你的生活彻底改变，这种改变将超乎你的想象。

魔力之书

> "当我们表达感恩时，我们需永远记住，最高的谢意并非
> 口说而已，而是必须实践它们。"

约翰·J.肯尼迪 (1917—1963)
第 35 任美国总统

本书为大家精心准备了二十八种神奇的方法，让大家学会运用感恩的魔力来改善健康、财富、工作和人际关系。不论是渺小的心愿，还是伟大的梦想，这些都将助你梦想成真。你还将学会如何用感恩之心来解决问题，扭转不利的局面。

下面这些神奇的文字会令你着迷，但你必须勤加练习，否则读完本书，你将依然毫无所获，改变人生的机会将白白从你指缝中溜走。为了保证这种情况不致发生，我们将进行超过二十八天的感恩练习，让感恩的态度渗透到你的每个细胞，成为你的一种潜意识，只有这样，才能为你的人生带来持久的改变。

连续 28 天的练习，让你将感恩固化为一种习惯和新的生活方式。通过连续、集中的感恩练习，使你可以很快地见证魔力发生在你的生活中。

每一种练习都将成为你的一笔人生财富，它将会在许多方面拓展你的知识。通过练习，你将会更加了解人生是如何运作，进而领悟如何轻松实现自己梦寐以求的生活。

前十二种练习方法，其目的是让你能够感恩现在以及过去曾拥有的，因为你只有对过去和现在所拥有的心怀感激，感恩的魔力才能帮助你在未来收获更多。这前十二种练习方法能够将感恩的魔力立刻化为行动。

接下来的十种练习方法，是借助感恩的神奇力量满足你的愿望、梦想以及一切你想要得到的东西。通过练习这些方法，就能梦想成真，你会发现自己的生活状况发生奇妙的改变！

最后六种练习方法，能够助你提升至一个全新的境界，感恩的魔力将灌注你身体的各个细胞，根植于你的心灵。你将学会运用感恩的魔力帮助其他人，解决困难，摆脱当前抑或今后人生中遭遇的种种逆境。

　　你不需要特别安排时间，因为每一个练习的设计都能配合你的日常生活，不管是工作日、周末、节日，还是假期。感恩是可以携带的——你随身带着它，无论你到达何处，魔力都会发生！

　　如果你有一天没有练习，你很可能会失去了你已经创造的动力。为了保证魔力不会消退，假如你错过了一天的练习，请退回到三天前的起始处，重新开始练习。

　　这套练习中有些适合在清晨练习，有些则没有时间限制，因此清晨第一件事就是读一读当天的练习内容。但有些内容则是在头天晚上就需要阅读，因为第二天一醒来你就要开始练习，出现这种情况我会提前通知你。或许你喜欢临睡前阅读一下第二天的练习内容，以便提前准备。假如你这样做了，明早请务必把当天的练习内容再重复一遍。

　　假如你不愿按照顺序逐一练习，也可以尝试其他的方式。比如，你可以选择其中一种能改善你切身利益的方法进行练习，以三天为一周期或是连续练习一周；或者一周进行一到两种练习。这些不同的练习方式的唯一差别，就在于生活发生改变所需要的时间长短不同。

28 天之后

完成 28 项魔力练习之后，你还可以加强其中某种方法的训练，来满足你某方面或某个阶段的特殊需要，比如健康或财富，或是你希望获得心仪的工作、工作持续成功，或是改善一段人际关系。完成全套练习后，你也可以将书随意翻至其中一页，进行书中的练习，你选的这种练习方法就是你所吸引来的，它必然是你当天最完美的选择。

在 28 项练习法的结尾处，有一些方法推荐你配合使用，这样能够助你迅速改善生活中的某一方面。

你可能会感恩过度吗？绝不会！你的生活会不会变得太魔幻？绝不可能！反复进行这套练习，让感恩的状态深入你的潜意识，并变成你的自然本能。28 天后，你会发现大脑像是进行了改装一样，感恩被深深植入潜意识，不管面对什么样的状况，你的第一反应就是感恩。你感受到的魔力将会激励你，因为当你将感恩融入你的生活，你将从此彻底告别平庸！

你的梦想是什么？

魔力练习的本意是为了帮助你实现梦想，因此，你需要弄清楚什么是自己真正想要的。

坐下来，用电脑或纸和笔列出一个清单，看看你在生活的各个方面都想得到些什么。你想要成为怎样的人？想要做什么？想要拥有什么——不论是人际关系、职业、财富、健康，还是任何对你来说比较重要的其他方面，仔细地思考，不要放过任何细节。你可以详尽、准确地写下自己的要求，但请记住你的工作只是列清自己想要的，而不是如何获得想要的。一旦感恩的魔力开始运作，"如何获得"将自动显现在你心中。

如果你想获得更好或是心仪的工作，那么想象一下你心目中的工作是怎么样的，想一想哪些方面对你来说比较重要，比如你想要什么类型的工作，在工作中你希望获得怎样的感受、公司的规模如何、希望和怎样的人共事，你希望的工作时间是怎样的、工作地点在哪儿，以及想获得多少薪水。搞清楚你想要从这份工作中获得什么，然后把所有关于这份工作的细节都列出来。

如果你希望得到金钱来支付孩子的教育费用，那么就写下有关教育的详细内容，包括你希望孩子读哪所学校、学费应该是多少，另外还有课本、衣服及交通方面的考量，以便你能精确计算出到底需要多少费用。

如果你想旅行，那就列出想去哪个国家、旅行多长时间、想要观览什么、想在哪里停驻、选择哪种交通方式出行。

如果你希望找到一个称心如意的搭档，就写下心目中理想搭档应该具备的品质。如果你想改善人际关系，就写下希望获得改善的关系类型以及你对它的期望。

如果你想变得更健康，或想增强体质，就写下希望改善身体的哪些方面。如果你想建造理想的家园，就写下想要怎样的家，一个房间一个房间地描述。如果你渴望得到某些具体的东西，比如车、衣服或家用电器，也把它们一一罗列。

如果你想达成某件事，比如通过考试、获得学位、比赛中获胜，成为杰出的音乐家、医生、作家、演员、科学家或商人，无论你想达成什么，都把它们尽可能详细地记录下来。

我强烈建议你花些时间为自己制作一份终生的心愿清单。写下你想要实现的小愿望、大梦想，或是在这一刻、这个月、这一年的所有愿景。如果你有任何新的想法，都随时追加上去；实现了的，你可以从清单里将其除去。列心愿清单最简单的方法是将它们分门别类：

身体和健康

工作和事业

金钱

人际关系

个人愿望

物质需求

然后在各个类别里添加你想要的东西。

　　一旦你清楚自己想要什么，你就指出了你希望感恩的魔力能改变生活的确切方向，而且你已经准备好开始这段前所未有的最激动人心的旅程了！

第 1 天
数算你的恩福

"当我开始数算所获得的恩福，我的生命就立刻焕发光彩。"

威利·纳尔逊（生于 1933 年）
创作型歌手

你一定曾听人说过知足常乐，心中常念想值得感恩的事情，你就做到了知足常乐。可你或许没意识到，数算所获得的恩福其实是一种蕴含魔力的练习方式，这种做法能够让你的生活彻底改变！

当你感恩所拥有的事物时，无论它们有多小，你都会得到更多同样的事物。如果你对目前拥有的金钱感恩，不管有多么少，你都会得到更多钱；如果你对一段关系感恩——即使它并不完美——这段关系将会变得更好；如果你对目前的工作感恩——即使它不是你梦寐以求的——你将更加热爱这份工作，还能在工作中获得更多更好的机会。

相反的，如果我们不去数算自己所获得的恩福，就会陷入另一种境地，不自觉地想起各种负面的东西。当我们专注于负面的事物，就会哀叹自己错失的一切，就会寻找或批判别人身上的缺点，就会抱怨交通拥堵、等候的队伍太长、约会被迫延期、政府办事不力、囊中羞涩、天气糟糕等。当我们将焦点放在这些负面事物上，它们就会随之不断涌现；更为重要的是，我们对这些负面事物过于关注，就会屏蔽掉一切即将来临的幸福。上述两种状况我都曾经历过——数算所获得的恩福或沉溺于消极的事物——我可以向你保证，心怀感恩是让生活走向富足的唯一方式。

"我们可以数不清所获得的恩福，但不要因为自怨自艾而阻挡了恩福的降临。"

马尔特比·D. 巴布科克（1858—1901）
作家和牧师

清晨醒来的第一件事，或者说一天中你最早需要做的事，就是数算所获得的恩福。你可以用日记本书写，或者用电脑记录下来，制作一份你需要感恩的清单。今天，你就可以列出十条值得感激的恩福。

爱因斯坦在表达感恩时，会思考为何要这样做。当你在思考为何对某个物品、某个人或某件事感恩时，你的感恩之情将更深一层。谨记，感恩魔力的发挥取决于你感情的浓烈程度！因此在这一份列表中，你还需要写下每一项感恩的理由。

你可以依照下表来制定自己的感恩清单：

· 我十分幸运能够拥有 <u>什么？</u> ，
　因为何种 <u>缘由？</u> 。

· 我感到十分快乐，并感激 <u>什么？</u> ，
　因为何种 <u>缘由？</u> 。

· 我十分感激 <u>什么？</u> ，
　因为何种 <u>缘由？</u> 。

· 我要衷心地说声谢谢，感谢 <u>什么？</u> ，
　因为何种 <u>缘由？</u> 。

当你写下十条值得感恩的事件后，从头到尾再读一遍，默念或是读出声来都可以。读完之后，重复三遍魔咒：*谢谢、谢谢、谢谢*，尽最大的努力体会此时心中充盈的感激之情。

为了帮助你更深刻地体会感恩，你还可以对整个宇宙、神明、精神、美德、生命、自我，或者任何你神往的事物表达感谢。试着将感恩的情绪引导至某件事或某个人，你就能够更加

真实地感受到这种情绪，感恩之情也会变得愈发强烈，而它所发挥的魔力也就愈发显著。所以，某些土著文明和远古文化将太阳之类的符号作为他们表达感恩的寄托，他们只是想借助这一实体来代表宇宙所有美好事物的根源，通过对这一象征的关注，体会到更多的感恩。

数算所获得的恩福，这种练习方法十分简单又有效，能让你的生活全然改观，因而我希望你能够在接下来的 27 天中重复这样的练习，每天为感恩清单添加十项你所获得的恩福。你可能想每天都要找十项恩福有点困难，但随着思考的深入，你会发现越来越多值得感恩的事物。仔细观察自己的生活，看看你已经获得的，以及每天都在不断获得的，你将察觉到值得感恩的事物是*如此之多*！

感谢你的家、你的家人、你的朋友、你的工作，以及你的宠物。感谢太阳，感谢你喝的水、你吃的食物，以及你呼吸的空气——缺了其中任何一种，你就无法存活。感谢树木、动物、海洋、飞鸟、花朵、植物、蓝天、雨、星星、月亮，以及我们这个美丽的星球。

向你的各个感官表达谢意：谢谢让你看得见的眼睛、听得见的耳朵、可以品尝食物的嘴巴、可以闻到味道的鼻子，以及让你可以感觉的皮肤。感谢让你行走的双脚，让你用来做几乎每一件事的双手，以及让你能表达意见、与人沟通的嘴巴。感谢你神奇的免疫系统，让你保持健康或痊愈；感谢你所有的器官完美地维持着你的身体，让你活着。感谢你美妙的大脑，这世界上没有任何电脑科技能复制它。

这里有一个列表，它能够帮你想起所拥有的并应该表达感激的恩福。你还可以为这个列表增加新的项目，这取决于在生命的不同阶段你心目中认为重要的事物。

感恩的内容：

·健康和身体

·工作和成功

·金钱

·人际关系

·激情

·幸福

·爱

·生命

·自然：地球、空气、水和太阳

·物质产品及服务

·你做出的任何选择

每一次数算完所获得的恩福，你都会感到身心愉悦，感觉的好坏能够衡量你感恩的强度。你的感恩情绪越强烈，身心就会越愉悦，生活转变的速度就会越快。有时候，你很快就能感觉愉悦，有时候则需要经历较长的时间。但是只要你坚持每天感谢所获得的恩福，你就会发现自己的心态将随着一次次的感恩发生越来越大的变化，同时越来越多的恩福将降临在你的身上！

魔力提示

记得在今天抽空阅览第二天的魔力练习内容，因为明天的第一件事就是要进行这些练习。

魔力练习事项 1

数算你的恩福

1. 早起的第一件事：列出你生命中值得感恩的**十项恩福**。

2. 写下每一项感恩的*理由*。

3. 默读或是大声念出你写下的感恩项。在读完每一项之后，重复三遍魔咒：*谢谢、谢谢、谢谢*。然后尽最大努力体会心中的感激之情。

4. 在接下来的 27 天里，每天早上重复上述魔力练习的三个步骤。

5. 今天需要阅读明天的练习内容。

第2天
神奇的感恩石

> "着眼于目前的恩福，不要沉溺于过去的悲伤。过去的悲伤，人人都有；目前的恩福，无人会缺。"

查尔斯·狄更斯（1812—1870）
作家

最初开始进行这些练习时，你需要连续几天集中精神，将感恩慢慢变成一种习惯。任何能够提醒你感恩的事物都可助你实现这一目标，这也是这套神奇的练习方法的本质所在。

李·布劳尔在《秘密》这部电影及同名书中都提到了感恩石的练习方法，他告诉我们这样一个故事：一位父亲用一枚感恩石为他病危的儿子祈祷健康，而他的儿子也因此奇迹般地康复。从此之后，感恩石在全世界被许多人认为是一条通往成功的秘径，人们通过感恩石祈求财富、健康和幸福。

首先，找到一块岩石或石子。选择一块大小适中、能够被你的手掌握住的石头，石头最好表面光滑，不要有棱角，也不要太重，握在手里时能让你感觉舒服。

如果你家里有花园，可以试着在那儿找，或者在河床上、小溪边、海滩、公园里寻找这样一块感恩石。如果没法去这些地方，也可以拜托邻居、家人或朋友帮你寻找。你还可以将自己拥有的宝石当作感恩石使用。

选定感恩石后，将它放在你床边，一个入睡前都能够看见的地方。必要时专门腾出一点空间，以便你入睡前更清楚地看到它。如果你有使用闹钟的习惯，可以将石头放在你的闹钟旁。

从今晚开始，在你上床入睡前，拿起你的感恩石，把它放在一只手的手心里，五指收拢。

仔细回想这一天发生的所有愉快的事情，找出值得你感恩的*最美好的一件事*。接着对感恩石说声：*谢谢*，感谢这件事能够发生。之后将感恩石放回床边，就这么简单！

在接下来的 26 天时间里，对着感恩石重复相同的内容：入睡前回忆一天当中发生的*最美好*的事情，将感恩石握在手中，对此事的发生表达你的感恩之情，说声"*谢谢*"。

感恩石的操作看起来很简单，但通过这样的练习你能够看到生活中出现的神奇变化。

找寻一天中所发生的最美好的事物的同时，你也对一天内所发生的所有美好的事情进行了回顾，在搜寻和选择最美好的事物的过程中，你会想到许多值得感恩的事情。这将保证你在入睡和第二天醒来时能够心怀感恩。

数算恩福和神奇的感恩石练习能够确保你在一天开始和结束时保持感恩的状态。事实上，这两种练习方式结合起来能够产生巨大的魔力，足以让你的生活在短短几个月之内发生变化，这也是编写这本书的用意所在：通过各种练习方法，使你的生活发生迅速的改变。感恩就像一块磁石，它吸引着更多值得感恩的事物走进你的生活，因而 28 天对感恩的强化练习能够增强这种磁力。当你具备一定强度的磁力后，就像是具备了魔力一般，你可以自动吸引任何你希望的以及需要的东西！

魔力提示

记得今天就抽空将明天的魔力练习内容阅览一下，因为在第二天开始前，你需要按照要求收集一些照片。

魔力练习事项 2

神奇的感恩石

1. 重复魔力练习事项 1——数算你的恩福中的步骤 1–3：列出
   你生命中值得感恩的十项恩福，并写下每一项感恩的*理由*。
   重读一遍写下的感恩项。然后念三遍魔咒：*谢谢、谢谢、谢
   谢*，尽最大努力体会心中的感激之情。

2. 找一块感恩石，并将它放在你的床边。

3. 在你入睡前，用手握住感恩石，回忆一天中所发生的最美好
   的事。

4. 为今天所发生的最美好的事情，念出咒语：*谢谢*。

5. 在接下来的 26 天里，每晚都重复感恩石的练习。

6. 今天阅读明天的练习内容。

第3天
魔力关系

假设地球上只有你一个人存在，或许你没有欲望做任何事情。你甘愿画出的画无人欣赏吗？你甘愿作出的曲子无人唱和吗？你甘愿发明的东西无人使用吗？你也不会想要四处旅行，因为不论去到哪里都是一样的——依旧孤身一人。你的生活将毫无乐趣可言。

是人与人之间的沟通和交流才赋予了你生活的喜乐、意义和目标，也正因为如此，你同他人之间的关系会对你的生活产生重要的影响。想要获得你梦想的生活，你就必须要理解人际关系对你的生活至关重要，因为它是你表达感恩的一个有效通道，由此你将赋予生活新的面貌。

现代科学证实了先哲的智慧，研究表明，心怀感恩的人能够更好地处理人际关系，他们同家人和朋友的联系更加紧密，也更能够赢得别人的尊敬。另一个研究结果则更令我们感到不可思议，对他人的每一次抱怨和指责，不论从内心还是在言语上，都需要你祈祷十次才能弥补自己对这段关系的伤害，少于这个次数，你同对方的这段关系就会恶化，如果是婚姻关系，最终很可能会以离婚收场。

感恩有助于润滑人际关系。如果你对某段关系的感恩增强，就会奇迹般地从中收获更多的幸福和美好。人际交往中的感恩态度不仅影响了人与人之间的关系，对你本身也会产生影响。不论你的性情如何，感恩都将赋予你更多的耐心、理解、同情和仁慈，这种影响是潜移默化的。人际交往中将一扫从前的不快和抱怨，因为，对他人怀着真诚的感激，你就不会执拗于想改变他。你不会再抱怨、批判或是责备，因为你心里装满了对对方的感激。事实上，你甚至会对过去曾耿耿于怀的怨恨视而不见。

"只有当我们意识到自己所拥有的事物的时候，才是真实地活在这个世界上。"

桑顿·怀尔德 (1897—1975)
作家和剧作家

言语包含着力量，因而当你抱怨某个人的种种不是时，实际上是在破坏你的生活，而抱怨都将由你的生活来承受。根据吸引力法则，你对他人的所思所言，都将作用于自己身上。这就是为什么所有的智者和导师都在告诫我们应当感恩，因为他们知道要想让你的人生收获更多，让你的人生魔力倍增，就需要怀着一颗感恩的心接受对方本来的面目。假如每个你亲近的人都对你说"我爱你——最本真的你"，你将做何感想？

今天的魔力练习就是怀着感恩的心接受他人本来的面目！就算你同他人相处融洽，这样的练习也能够帮助你进一步改善这些关系。通过发掘对方身上值得感激的方面，你将见证感恩再次发挥神奇的魔力，同对方的关系将比你所期望的更加稳固、丰富和充实。

选择三种最亲密的关系表达你的感恩，你可以选择你的妻子、儿子、爸爸、男朋友、生意伙伴或姐妹，也可以选择你最好的朋友、祖母或叔叔。你可以选择任意三种对你来说比较重要的关系，只要你有每个人的照片。照片可以是这个人的独照，也可以是你们的合影。

选择好三种关系并准备好照片，接下来就可以开始练习了。坐下来，并思考每个人最值得你感激的事情。你喜欢这个人的哪些方面？他们的优秀品质有哪些？你可以感谢他们的耐心、倾听能力、才华、长处、好的判断力、智慧、笑声、幽默感、眼睛、笑容或仁慈的心。你也可以感激同对方一起经历过的事，还可以回忆同对方共度的一段时光，那些日子他一直陪伴你、关心你、支持你。

思考完为何对这些人心怀感激之后，将他们的照片摆在你面前，拿出笔和笔记本，或是打开电脑，一边盯着这个人的照片，一边写下五件他曾做过的最令你感激的事情，每一句话都用我们熟悉的魔咒"谢谢你"作为开头，然后写下这个人的名字，最后写下你要感激的事情：

谢谢你，他们的名字，因为什么原因？。

举个例子："谢谢你，约翰，因为你常常逗我开心。"或者："谢谢你，妈妈，因为你的鼓励，我考入了大学。"

三个人的感恩清单都列好之后，将这些照片随身携带，然后把它们放在一个你能够经常看见的地方。不论今天什么时候看到这些照片，你都要对照片上的人说出魔咒：*谢谢你*，然后叫出对方的名字：

谢谢你，海莉。

如果你经常四处走动，那么将照片放在你的包里或是口袋里，一天保证至少看三次照片，然后重复上述步骤。

相信你已经学会如何将感恩的魔力运用于改善人际关系。尽管本书并没有要求掌握这个练习，但如果需要，你也可以每天进行这个神奇的练习，让自己同他人的关系从此变得不同。你可以在同一段人际关系上重复练习，想练多少次都可以。你投入的感恩情绪越多，这段关系就能越快得到改善。

魔力练习事项 3

魔力关系

1. 重复魔力练习事项 1——数算你的恩福中的步骤 1–3：列出你生命中值得感恩的十项恩福，并写下每一项感恩的*理由*。重读一遍写下的感恩项。然后念三遍魔咒：*谢谢、谢谢、谢谢*，尽最大努力体会心中的感激之情。

2. 选择**三段**最亲密的关系，然后收集这些关系中对方的照片。

3. 将照片放在你面前，在笔记本或电脑上记录下你对每个人最感激的**五件**事。

4. 每一句话以魔咒 *"谢谢你"* 开始，后面为这个人的名字，最后写下你具体感谢的内容。

5. 今天，将三张照片带在身上，或是摆在一处你能经常看见的地方。一天保证至少看**三次**照片，然后面对照片上的人，讲出这句魔咒：*谢谢你，某某某*。例如：*谢谢你，海莉*。

6. 今晚入睡前，一只手握住你的感恩石，对一天所发生的最美好的事，说一声 *"谢谢"*。

第4天
魔力健康

"健康是最大的财富。"

维吉尔（公元前70—前19）
古罗马诗人

健康对任何人来说都弥足珍贵，尽管它的价值超过任何事物，但我们常常会忽视它。对大部分人而言，失去健康时，我们才会想到它，然后才会沉痛地意识到：失去健康，我们就失去了一切。

有一句意大利谚语道破了健康对我们的意义所在："拥有健康身体的人是富足的，尽管他对此一无所知。"身体无恙时我们很少会关注健康，当被即使是感冒这样的小病烦扰时才能体会此言不虚。一旦健康不再，你唯一希望的就是重获健康，没有任何事比拥有健康更重要。

健康是生命赐予你的礼物，你得接受这份馈赠，并长期持有。除了想方设法保持身体健康，我们还应该对所拥有的健康心怀感激，这样才能变得更加健康。

谨记：

*"（对健康）心怀**感恩**之人将被赐予更多，变得富余。（对健康）不存**感恩**的，连他所有的也要夺去。"*

或许有些人生活方式很健康，但最终却落得疾病缠身。对你所*拥有*的健康表达感谢，这一点至关重要。当你心怀感恩时，不仅巩固了所拥有的健康，同时感恩的魔力将让健康的能量源源不断地流入你的身体。你也可以看到自己的身体状况得到迅速改善。小病小痛，甚至是身上的痣、胎记都会奇迹般地淡化，你还能感到自己的精力和幸福感明显增加。

在下面将要学习的内容中，通过每天的练习，你可以提高视力、听力及各个感官的能力，让身体的各部分机能正常运作，所有这些都像被施了魔法一样神奇！

"感恩是疫苗、抗毒素及抗菌剂。"

约翰 · 亨利 · 乔怀德（1864—1923）

长老教会牧师和作家

为你的健康真诚地感恩，将让你的身体变得更加强健，反之，不懂得感恩，你将会逐渐失去健康。健康的失去意味着你的体力、精神、免疫系统、思维的敏捷度，以及身体和心灵的各项指标都随之下降。

对拥有的健康表达感激，能够使你收获更多健康以使这份感激得以延续，同时这种做法也能消除身心的紧张和压力。科学研究表明，紧张和压力是疾病之源。研究还告诉我们，那些心怀感恩的人能够更快地康复，他们的寿命也比平均水平多出七年！

通过自身的现状你可以衡量出自己到底心怀多少感恩。你的每一天都应当在欣喜中度过。假如你感到压抑，生活对你来说充满负担，或是你感到自己没有实际年龄年轻，这就表明你的健康状况在不断下滑。体力的丧失最重要的原因就是缺乏感恩。现在这一切将得到改善，因为借助感恩的神奇力量，你将重获健康！

健康的魔力练习首先需要你阅读下面这段有关健康的文字。在读到每一个标记身体部位的斜体词句时，你需要闭上双眼，在心里重复这些词句，体会你对这部分身体的感激。记得想一想你感恩的*理由*，这能够激发你更加真挚的感激之情。你的感激之情越真挚，你就能越快地看到身体出现的奇妙变化。

关注你的双腿和双脚，这是你生命中最重要的行走依托，想象借助双脚从事的各种活动，例如平衡、站立、坐下、锻炼、跳舞、爬楼梯、驾驶车辆，当然还有最重要的奇迹：行走。腿和脚能够让你在家中自由走动，到浴室洗澡、到厨房喝水，或是漫步到你的车前；腿和脚能够让你流连于商场、穿梭于街道、踟蹰于机场、漫步在沙滩。行走赋予了我们享受生活的自由！*对你的腿和脚真心地说声谢谢！*

关注你的双臂和双手，一天当中有多少次你需要提起或举起重物。双手是身体最主要的工具，一天到晚它们不知疲倦地工作，手能够让你写字、吃饭、打电话、操作电脑、洗澡、穿衣、如厕，捡拾提举，无所不能。没有了双手你就只能依赖他人的帮助。因此，*对你的胳膊、手以及手指说声谢谢！*

关注你神奇的感官系统。味觉让你体会到喝水、就餐时美味带来的快乐。感冒后味觉丧失时的痛苦相信你深有体会。因此，*对你的味觉说声感谢！*

嗅觉帮助你识别生活中各种醉人的芬芳：花朵、香水、干净的床单、喷香的饭菜、寒冬夜晚柴火散发的味道、夏日里的空气、新割的青草、雨后的大地。*对这不可思议的嗅觉说声谢谢！*

如果没有触觉，你将永远无法体会冷热、软硬、光滑与粗糙；你也绝对无法感受各种事物的存在，无法表达或是接收爱意。触觉让你用坚定的拥抱迎接你的爱人，和对方两手交握的感受是人生中一次珍贵的体验。因此，*对你宝贵的触觉说声谢谢！*

想象一下双眼带给你的视觉奇迹，它让你端详爱人和朋友的脸庞，阅读书籍、报纸和电邮，观看电视节目，欣赏大自然的美丽，更重要的是，帮你辨识道路。尝试蒙上双眼一个小时，做一些日常工作，你就会发觉眼睛的重要性。*对能够让你体察*

万物的双眼说声谢谢!

关注你的耳朵，它帮你捕捉来自你和他人的声音，这样你就能够同别人交谈。没有了耳朵和听觉，你就无法使用电话、欣赏音乐、收听广播、陶醉于爱人的情话，世界上的任何声音将从你的世界里消失。你应该对*所拥有的听觉说声谢谢!*

当然，如果没有大脑的协助，任何感官系统都将无法工作。它每秒可以处理的各个感官发来的信息量多达一百多万次! 事实上，大脑主宰着你去感知和体验生活，世界上没有任何一台电脑可以复制大脑的活动。让我们对*神奇的大脑和卓绝的智慧说声谢谢!*

关注身体数万亿个细胞，它们为你的身体、健康和生活的正常运转一天二十四小时、一周七天不停息地工作。对这些细胞说声感谢! 关注维持生命体征的各个器官，它们周而复始地进行新陈代谢，事实上，它们的工作完全不受你意识的操控。*对身体里完美协作的各个器官说声谢谢!*

除了刚刚提到的各个器官和机能，更令人惊叹的还有我们的心脏。心脏支配着身体的其他器官，是它将生命的源泉送往身体的各个系统。*对你强健的心脏说声谢谢!*

接下来，拿出一张纸或卡片，在上面写下这段黑体字：

是健康的犒赏让我存活于世。

今天就将这张卡片随身携带，把它放在一处你能经常看见的地方。如果你经常伏案工作，可以将卡片放在书桌的正前方。如果你是一名司机，可以把卡片放在车里你经常扫视之处。如果你经常待在家里，可以把卡片放在洗手台上，或是电话机旁。选择一处放置卡片，保证你能够经常读到上面的内容。

今天，你需要把这些话至少读四次，当你看到它时要将其一个字一个字缓慢地读出来，尽可能深切地感谢健康对你的犒赏。

感谢健康不仅对你保持健康至关重要，同时还能确保你的身体越来越健康，精力更加充沛。感恩的心态再加上传统医药的调理，你就能见证健康的革命，一些我们从未见过的奇迹将在你身上发生。

魔力练习事项 4

魔力健康

1. 重复魔力练习事项 1——数算你的恩福中的步骤 1–3：列出你生命中值得感恩的十项恩福，并写下每一项感恩的*理由*。重读一遍写下的感恩项。然后念三遍魔咒：*谢谢、谢谢、谢谢*，尽最大努力体会心中的感激之情。

2. 在一张纸或卡片上写下：
   是健康的犒赏让我存活于世。

3. 将写好的卡片放在你今天能经常看到的地方。

4. 一天里至少看**四次**卡片上的话语，每一次都要缓慢地读出这句话，尽可能深切地感谢健康对你的犒赏。

5. 今晚入睡前，一只手握住你的感恩石，对一天里所发生的*最美好的事*说一声"*谢谢*"。

第5天
魔力金钱

"感恩是财富，抱怨是贫穷。"

基督教科学派

如果此时的你经济窘迫，一定要明白这个道理，那就是对待金钱持焦虑、妒忌、失望、沮丧、怀疑或是恐惧的情绪不可能让你的经济状况好转，因为这些情绪皆因你对所拥有的金钱缺少感恩所致。有关金钱的抱怨、争执、对金钱的心灰意冷、愤世嫉俗或横加批判绝非感恩之行，你也绝不会因此而变得富裕，相反情况会越来越糟。

不论你目前的状况如何，认为自己不富裕的念头就是对所拥有的金钱不心怀感恩，你的头脑不仅需要摒弃这种思想，还要对现在拥有的钱财充满感激，这样财富才能神奇地增长！

"（对金钱）心怀**感恩**之人将被赐予更多，变得富余。（对金钱）不存**感恩**的，连他所有的也要夺去。"

即便囊中羞涩仍然心怀感恩，能够做到这一点实属不易，但你需要明白只有心怀感恩，你才能奋而争取，否则一切都不会改变。

关于金钱的话题曾经让无数人彷徨和迷惘，尤其是在人们感到生活窘困的时候，因此本次有关金钱的魔力练习分为两个步骤。在开始练习的这一天你需要从头至尾地读完本节练习，因为本节练习将要持续一整天时间。

坐下来花几分钟回忆童年，那时的你没有钱或是拥有的钱寥寥可数；回顾金钱为你支付的每一段记忆，在心中默念魔咒"谢谢"，并认真去体会这句话在你心中的分量。

过去的你是否能每日饱食？

过去的你是否有家遮风挡雨？

过去的你是否受过良好的教育？

每天你是怎么去上学的？买得起课本吗？在学校有午餐吗？上学所需的东西你都负担得起吗？

孩童时你有没有外出旅行过？

孩童时得到的最棒的生日礼物是什么？

你是否有自行车、玩具或是宠物相伴？

在你快速成长的那段时期有足够的衣服更换吗？

你去看过电影吗？曾经迷恋过某项运动、乐器或有某种爱好吗？

身体不舒服的时候你去看过医生开过药吗？

你看过牙医吗？

过去的你拥有牙刷、牙膏、香皂、洗发水等日常生活必需品吗？

过去的你有没有乘车旅行？

过去的你看电视，打电话，家里用电、电器和自来水吗？

　　所有的这些都需要花钱，而你过去的享受——皆是无偿的！当你追溯儿时或是年轻时候的记忆，你就会意识到享用过的许多东西都是辛苦赚取的钱换来的。对每一个细节、每一个回忆都应当心怀感恩，因为只有对过去曾拥有的金钱怀着诚挚的感激，你的金钱才能在未来出现神奇地增长！这符合自然的法则！

继续金钱的魔力练习，拿出一张一美元的纸币，然后在上面贴上一张标签，附上这样一句话：

感谢我一生中所获得的所有金钱。

今天将这张具有魔力的纸币随身携带，你可以将它放在你的钱包或口袋里。至少上下午各一次，只要你愿意，一天当中尽可能将它掏出并握在手里。阅读上面的话并真心地感激所获得的金钱令你的生活富足。你的感激越真诚，感情越强烈，你的经济状况就能越快得到改善。

你预先无法想到自己所拥有的金钱将如何增加，但你将会发现自己的境遇发生很大改变，这些改变让你能够赚到更多的钱。你会在一些意想不到的方面发现赚钱的机遇，或是收获意外的财富，打折、价格减免时有发生，并获得各种物质财富。

今天过后，你可以将这张具有魔力的一美元放在每天能看到的地方，这样能够提醒你对所拥有的金钱心怀感恩，记住，你注意这张纸币的次数越多，对金钱的感恩越强烈，就能产生更多的魔力。你感恩的态度直接决定了今后财富增长的多寡！

　　如果感觉自己想要对金钱的问题发牢骚，不论是言语还是思想上的，请自问："我是否愿意为本次的抱怨付出代价？"因为一次抱怨将会减缓甚至阻止金钱流入你的生活。

　　从练习的这天开始，对自己许下诺言，不论你在任何时候获得金钱，不管是工资所得，还是打折减免，或是你收到别人送的贵重物品，你都要从心底充满感激。你已经收获了财富，换句话说，你也应该利用每一次这样的机会去提升感恩的魔力，对获得的金钱心怀感恩，这样能够确保财富进一步增长！

魔力练习事项 5

魔力金钱

1. 重复魔力练习事项 1——数算你的恩福中的步骤 1–3 ：列出你生命中值得感恩的十项恩福，并写下每一项感恩的*理由*。重读一遍写下的感恩项。然后念三遍魔咒：*谢谢、谢谢、谢谢*，尽最大努力体会心中的感激之情。

2. 坐下并花几分钟回忆小时候无偿享受到的生活中的各种恩惠和便利。

3. 回顾金钱为你支付的每一段记忆，在心中默念魔咒"*谢谢*"，并认真去体会这句话在你心中的分量。

4. 拿出一张一美元或其他小额面值的纸币，在上面贴上一张标签并写下下面这段黑体字：

   感谢我一生中所获得的所有金钱。

5. 今天将这张具有魔力的纸币随身携带，至少上下午各看一次，只要你愿意，一天当中尽可能将它掏出并握在手里。阅读上面的话并真心地感激所获得的金钱令你的生活富足。

6. 今天过后，你可以将这张具有魔力的一元纸币放在每天能看到的地方，这样能够提醒你对所拥有的金钱心怀感恩。

7. 今晚入睡前，一只手握住你的感恩石，对一天所发生的最美好的事，说一声"谢谢"。

让工作充满魔力

"无论从事何种活动，献身于何种艺术或学习何种技能，你都要尽可能精益求精，将这份事业推向尽可能的高峰，一旦冲破现实的樊篱，你就会进入魔幻神奇的世界。"

汤姆·罗宾斯（生于1936年）
作家

我们很难想象一个出身赤贫，毫无背景，没有受过教育的人有一天会成为总统或名垂青史，或者成为一个王国的缔造者，抑或成为这个世界上最富有的人。我们也很难理解为什么职业相同的两个人，一个人的事业渐入佳境，而另一个人却依然原地踏步，无论付出多少努力，成功似乎总与他无缘。连接成功的其中一段链条缺失了，这段链条就是感恩。根据吸引力法则，你需要对所拥有的心怀感恩，这样成功才会悄然而至。因此，缺少感恩，你就不可能获得成功。

为了给你的工作和事业带来成功或好运，诸如获得机遇、升职、加薪、获取灵感或创意、受到领导器重等，你首先要对这份工作心怀感激。你的感激之情越强烈，对你生活的影响就会越深刻！假如你此时正期望着成功的来临，你就必须对所拥有的表达感激。

> "（对工作）心怀**感恩**之人将被赐予更多，变得富余。（对工作）不存**感恩**的，连他所有的也要夺去。"

对所从事的工作心怀感恩，你自然会对工作投入更多，对工作投入得越多，回报你的财富和成功也会随之增加。如果对工作不知感恩，你的付出自然也会减少。而付出越少收获也会越少，结果就是，你无法从工作中获得快乐，往往出力而不讨好，事业停滞不前，甚至走向倒退，这很可能使得日后你失去这份工作。切记：不存感恩的，连他所有的也要夺去。

感恩之情的强烈与否直接影响到你的所得。

　　你控制了感恩情绪，也就意味着控制了自己所能获得的馈赠。

　　如果你是个商人，那么感恩的强弱将会决定你的财富是增加还是减少。对你所从事的生意、你的客户以及你的雇员所怀有的感恩越强烈，你的生意就会越发兴盛。一个不懂得感恩、一味抱怨的商人，他的生意也必将惨淡收场。

　　如果你为人父母，那么你当前的工作就是抚养孩子、照顾家庭，在这段时日里，你也需要寻找值得感恩之事。这是此生仅有的一次机会，这段日子如果你能心存感恩，就会获得更多的支持和帮助，人生也将回馈你无限美好而温馨的回忆。

　　你应该热爱自己的工作，无论你从事何种工作，心情愉悦地投入工作，不要太过贪心。如果目前的工作并非你理想的，或者实在让你无法获得快乐，那么收获理想工作的第一步就是对现在所从事的工作心怀感恩之情。

　　今天，想象你的身边有一位看不见的"上司"，他的职责就是记录下你对工作的想法和感受，这位"上司"会一直跟随你，手里拿着纸和笔。每当你发现工作中值得感恩的事，他就会对此进行记录。你的工作是尽可能多地寻找感恩的对象，这样在一天结束时，你的"上司"可以展示出一份内容丰富的感恩记录，这份清单越长，这位"上司"带给你的魔力就越强，诸如金钱、事业的成功、机遇、幸福感和成就感。

思考工作中值得感激的事物。首先，你可以感激自己拥有了一份工作。想想有多少人正在失业，他们宁愿付出任何代价获取一份工作；想想那些办公设备为你带来的便利，比如电话、打印机、互联网以及电脑；想想那些让你的工作变得更舒适的人，比如接线员、助理、门卫、邮差；再想想领取薪水时的那份喜悦，想想那些令你感到快乐的工作内容。

每次发现值得感恩的事情时，让那位"上司"这样记录：

我很感激，因为 _什么？_ 。

让这位"上司"尽可能多地体会你的感恩情绪，这样他就能越发迅速地为你的工作带来改善，这种魔力也会体现得越明显。试着心怀感恩地工作一整天，你会立刻发现情况有所改善。幸运并非偶然，这是感恩在施展它的魔力！

　　进行该项魔力练习时如果恰逢周末或是你不在工作，你可以进行下一项练习内容，在开始工作的第一天再进行本项练习。

魔力练习事项 6

让工作充满魔力

1. 重复魔力练习事项 1——数算你的恩福中的步骤 1–3：列出你生命中值得感恩的十项恩福，并写下每一项感恩的*理由*。重读一遍写下的感恩项。然后念三遍魔咒：*谢谢、谢谢、谢谢*，尽最大努力体会心中的感激之情。

2. 今天工作时，想象身边有一位看不见的"上司"一直跟着你，并对你所发现的感恩对象进行记录。而你今天的任务就是尽可能多地发现值得感恩的事情。

3. 每次发现感恩对象时，让你的"上司"这样记录：*我很感激，因为 什么?*，你需要尽可能地体会心中的感恩之情。

4. 今晚入睡前，一只手握住你的感恩石，对一天所发生的*最美好的事*，说一声"*谢谢*"。

第7天

扭转逆境
的秘诀

"懂得感恩的人不论任何情况都会心怀感激之情。"

巴哈欧拉（1817—1892）
巴哈伊教波斯创始人

　　不论是爱情碰壁、经济窘迫、身体欠佳还是工作中遭遇难题，生活的种种不如意都源于长期缺乏一颗感恩的心。如果我们对生活赋予的一切不懂得感恩，我们就会认为享受这些恩福是理所当然的事情。这种理所当然的态度是各种消极因素出现的缘由，因为一旦认为我们的所得是天经地义的，我们就不会对此表示感激，而感恩的魔力也将随之消失。对他人表达感谢也会令我们的生活出现奇迹般的改善，反之毫不感恩地接受馈赠会令我们的生活走向消极。

身体健康状况良好时，你会感恩吗？或者只有当身体生病或受伤时，你才会注意到自己的健康状况？每天工作时你是否充满了感恩？还是只有在工作遭遇挫折时才体会到它的价值？每当领取薪水时你是否会感恩？还是觉得这份薪水来得天经地义？当一切都很顺利时，你会对自己所爱的人表达感激之情吗？或者只有在出现问题时，你才会去讨论自己的亲密关系？驾驶汽车疾驰在路上的你是否会为此而心怀感恩？又或者只有在车抛锚时才意识到车子带给你的便利？

每一天你是否心怀感恩地生活？或者理所当然地接受生活带给你的恩福？

心安理得地接受一切常常会引发牢骚、负面的思想和言语。如果你在抱怨，那么根据吸引力法则，你就会将更多引发你抱怨的事物带入生活！

如果你对天气、交通、你的老板、配偶、家庭、朋友、素不相识的陌生人抱怨不止，如果你对排队等候、层出不穷的账单、你的收入和花销，或是某个公司的服务牢骚满腹时，你就是一个不懂感恩的人，一次次的抱怨只会让你离理想的生活越来越远。

现在你应该明白所有的抱怨、消极的思想和言语，以及理所当然的态度会终止生活给你的一切恩福。现在你也应当明白，如果生活出现曲折坎坷，一定是你无意中丢失了感恩的心。

　　心怀感恩之人生活少有坎坷，心怀感恩之人不会满是批判和抱怨之词，心怀感恩之人很少自伤自怜、思想消极。如果你目前正遭遇诸般不顺，那么感恩的心态无疑会帮你扭转这一颓势。仿佛魔法一般——烟雾散尽，生活中所有不顺遂的事情通通消失不见！

　　万事开头难，在逆境中寻找值得感恩的事物并非易事。但不论你的境遇有多么糟糕，你依然会发现一些值得感恩的东西，尤其是当你发现感恩正奇迹般地扭转种种不利局面时。对此深有体会的沃尔特·迪斯尼在他的电影《波莉安娜》中向我们揭示了这个道理。

　　迪斯尼 1960 年拍摄的电影《波莉安娜》中提到的"快乐游戏"，对当时还是个孩子的我产生了深远的影响。"快乐游戏"一直陪伴我度过了童年和少年时代。所谓的"快乐游戏"，就是尽可能多地找寻让你感到高兴的事，特别是身处逆境时。每当生活不如意，试着找寻高兴的事（或是值得感恩的事），所有问题和麻烦的解答就会不期而至！

　　沃尔特·迪斯尼用电影《波莉安娜》为人们展示出感恩的魔力，而几千年前佛祖也用类似充满魔力的话语指点世人：

"让我们充满感激地生活，即使今日没有学到太多，至少收获些许，哪怕没有任何收获，至少身体健康，哪怕疾病缠身，至少活在人世。因此感恩须铭记于心。"

释迦牟尼（约公元前 563—前 483）
佛教创始人

希望佛祖的话语能让你豁然开朗。今天你不妨专注于某个迫切想要解决的问题或困境，从中找出十点值得感恩的地方。当然，这项练习开始时会比较艰难，但佛祖已经为你指出了方向。在电脑上或是在日记本中列出十条值得感恩的事。

比如，此时的你正面临失业的困扰，无论你怎么努力依然没有找到工作。想要扭转这种不利的局面，你必须要集中精力进行感恩练习，或许下面列举的正是你值得感恩之事：

1. 我很感激，因为我有更多的时间陪伴家人。

2. 我很感激，因为我有更多的时间来整理自己的生活。

3. 我很感激，至少过去多年来的工作让我经验丰富。

4. 我很感激，至少这是我第一次失业。

5. 我很感激，每天都有新的工作岗位等待我去尝试。

6. 我很感激，感激所有我所拥有的有利于求职和面试的知识和经验。

7. 我很感激，我的身体健康，依然可以继续工作。

8. 我很感激，家人的鼓励和支持。

9. 我很感激，除去工作我还拥有很多。

10. 我很感激，失业让我意识到工作对我而言多么重要。直到现在我才深刻体悟。

　　正是因为这种感恩的心态，那些面对失业困境的人将正面事物吸引到他们周围，并最终使他们的境遇得到奇迹般的改善。感恩的力量可以战胜一切困境，要扭转颓势也有无限的方法。而你所做的只是心怀感恩，静待奇迹的出现！

　　让我们再打个比方，一个儿子和他父亲的关系出现了问题。儿子感觉自己无论做什么，好像都无法让父亲满意。

1. 我很感激，起码一直以来我们之间的关系都很好。

2. 感谢我的父亲，因为他的辛勤工作才让我得到了他不曾拥有的教育机会。

3. 感谢我的父亲一直以来支撑这个家，小时候的我不曾意识到需要多少钱、多努力工作才能养活一家人。

4. 感谢我的父亲在我小时候每周六带我去上篮球课。

5. 感谢我的父亲，现在他对我不像从前那么严厉了。

6. 感谢父亲对我的关心，若非如此，他也不会对我这么严格。

7. 我很感激，父子之间的相处让我懂得如何和自己的孩子相处：关怀加多一点的理解。

8. 感谢父亲对我的鼓励，他让我明白：在培养一个乐观自信的孩子的过程中鼓励有多么重要。

9. 我很感激，能够和父亲坐在一起说笑。一些人永远无法体会这种幸福，因为他们的父亲不在身边；还有一些人则失去了父亲，他们再也没有机会和父亲坐在一起说笑了。

10. 我很感激，有父亲伴我左右，人的一生有欢乐、有痛苦，但和父亲在一起，注定未来快乐更多一些。

儿子对父亲的感激之情，帮助了父子关系的改善。儿子改变了对父亲的看法，而这种改变也将吸引父亲更多的正面关注。尽管儿子的感激只是发生在内心里，这种心思无法捕捉，然而这种感情依然会神奇地作用于父子关系。只要他能一直保持这种感恩的心态，根据吸引力法则，儿子一定会扭转这种父子关系的不利局面，他们之间的关系也会很快得到改善。

记住，你的内心感受会告诉你感恩一直在发挥着作用。通过感恩练习你会感觉周围环境确实出现了一些改善，你的心里很确定这种改善会继续下去，问题很快就会解决。想要摆脱所有困扰你的逆境，你需要将注意力集中于感恩，让它改造你的内心世界，接下来你会发现外部世界也将出现神奇的变化。

在列出值得感恩的事项时，请务必用下面的方式记录：

我很感激，因为_____。
或，我真心实意地感谢_____。

将你所要感恩的内容补充完整。如果你喜欢，还可以用沃尔特·迪斯尼充满感恩神奇力量的方式表达：

我很高兴_____。

将你感到高兴的内容补充完整。

列出值得感恩的十件事之后，你可以写下这样一段话作为摆脱逆境练习的完结：

感谢，感谢，感谢，事情得以完美地解决。

今天，看看自己是否能不说一句消极的话语，这对你来说或许是个挑战，但试试你这一整天能否顺利过关。这么做的一个重要原因是，大多数人从未意识到自己曾说过多少消极的话语，但如果你留心观察一天就会找到答案。切记，抱怨和泄气只会引来更多的负面事物，如果你能留意自己所说的话，就能学会克制，并有更多的空间思考自己是否真的愿意让所说的不幸变为现实。这里有一个神奇的补救方法，可以运用在你发觉自己的想法和话语比较消极的时刻。立刻停止抱怨，并说：

但我必须要说我真的很感谢＿＿＿＿＿。

剩余的部分填上——任何事情——只要你想对其表达感激。谨记这句带有魔力的话语，不论何时只要你需要都可以拿出来救场。

今后无论遭遇任何难题或逆境，记住用感恩的力量浇熄消极的火苗，防止它继续蔓延；同时保证你心中感恩的火焰永不熄灭！

魔力练习事项 7

扭转逆境的秘诀

1. 数算你的恩福：列出你生命中值得感恩的十项恩福，并写下每一项感恩的*理由*。重读一遍写下的感恩项。然后念三遍魔咒：*谢谢、谢谢、谢谢*，尽最大努力体会心中的感激之情。

2. 找出你最希望解决的难题或困境。

3. 列出在困境中你值得感激的**十件**事。

4. 在感恩清单的结尾写下：
   感谢，感谢，感谢，事情得以完美地解决。

5. 今天，看看自己是否能不说一句消极的话语。如果发觉自己的想法和话语比较消极，使用这句带有魔力的话语。立刻停止抱怨，并说：
   但我必须要说我真的很感谢＿＿＿＿＿＿。

6. 今晚入睡前，一只手握住你的感恩石，对一天所发生的最美好的事，说一声"*谢谢*"。

第8天
魔力配方

"感恩的心就如持续的盛宴。"

W.J. 卡梅伦（1879—1953）

记者和商人

吃饭之前进行感恩的传统可以上溯至数千年前的古埃及。随着二十一世纪生活节奏的不断加快，饭前祷告的习俗经常会被人忽视，如果利用吃饭这般平常的日常行为来感恩，你的生活将会出现不可思议的变化！

假如你在饥肠辘辘的时候进行思考，就会感到力不从心，还会觉得疲惫，甚至全身发抖，你的思想也变得不集中，情绪低落。仅仅饿几个小时，你的身体就会出现这些反应！你需要摄取食物用以维持生命、思考问题并保持快乐的心情，因此我们对赖以生存的食物应充满深深的感激之情。

为了激发对食物更多的感恩，你不妨花些时间思考一下为你的食物献出心力的人们。为了你能吃上新鲜蔬果，果农和菜农需要辛勤地耕作，其间得不停浇水和除虫，持续数月才能迎来收获。之后还需要采摘、包装、分配，工人们必须日夜不停地辛苦运输，无数人协同工作才确保了一年四季我们总可以吃到新鲜的蔬菜和水果。

再想想那些肉类养殖户、渔民、奶农、茶叶和咖啡种植工人，以及那些在食品加工厂忙忙碌碌的工人，这些人为我们贡献了各种各样的食物。全世界的食品加工过程恰如一曲波澜壮阔的交响乐，这个过程终日不息，你很难想象将全世界的食品配送到各个便利店、餐厅、超市、咖啡厅、航班、学校、医院，以及各个家庭，到底需要多少人的协同努力才能完成。

食物是一份难得的礼物！这件礼物来自大自然，如果没有自然为我们提供土壤、养分、水，粮食就无法生长，我们也不会获得食物。没有水，所有的粮食、果蔬、动物乃至人类都将无法生存下去。我们需要水来做饭、种植粮食、浇灌花园里的花草，以及日常洗漱。此外，车辆行驶需要水，医院的运转需要水，石油和矿山的开采和制造也需要水，交通、公路建设、衣服制造以及各种轻工业和重工业需要水、塑料、玻璃、金属，以及挽救人生命的各种药品的生产、房屋的建造也需要水。水维持着人类正常的身体机能。水、水、水，弥足珍贵的水！

"地球上如果真的存在魔力，那它一定蕴含在水中。"

洛伦·艾斯利（1907—1977）
人类学家和自然科学作家

没有食物和水我们将沦落到何种境地？至少我们现在不会在这里。我们的家人和朋友也不会在这里。今天、明天对我们而言都将不复存在。而现在我们共同生活在这个美丽的星球上，面对着生命的各种挑战、体会着其赋予我们的欢乐，这一切都源于自然的馈赠：食物和水！吃饭、喝水之前念出那句简单的咒语：*谢谢*，这是对自然赠予我们神奇的食物和水的一种认可和感激。

对食物和水的感恩不仅会为你的生活带来改变，同时它还会影响大自然的产出，这确实是件不可思议的事情。如果足够多的人对食物和水表达感恩，这将帮助那些处于饥饿和干渴之中的人。根据吸引力法则，以及牛顿的作用与反作用力定律，大多数人的感恩行为一定会产生出与之相等的回馈，这将能够帮助地球上那些食物和水源短缺的人群走出困境。

除此之外，对食物和水的感恩会让魔力作用于*你*的生活。感恩的金线将把所有你珍视的、热爱的以及梦想的事物紧紧联结。

古时候，人们认为对着食物和水进行的感恩祝祷有着净化食物和水的作用。现代的量子物理学中的观察者效应，证明了古人的做法多少有些道理。观察者效应指的是观察者的行为所引发的观察对象的变化。将心中的感恩集中于食物和水，这种关注会改变它们的能量结构，从而起到净化的作用，这样你所摄取的一切将有助于你的身体健康。

想要感受感恩对食物和水的魔力作用，其中一种方法是仔细品味口中的食物和水。仔细品味说明你很享受或很感激这些食物。让我们做个实验，下次在吃饭和喝水时，吃上一大口，然后集中精力体会食物和饮料在你口中的滋味，你会发现这样做会让食物的味道在各个味蕾间绽放；与此相反，如果吃饭或喝水时你心不在焉，那么口中的美食会瞬间变得寡淡无味。其实是你的注意力和感恩之情影响了食物的滋味!

今天在吃或喝东西之前, 不管是吃饭、水果、零食或是喝任何东西, 包括水, 你需要先看一看你要吃或喝的东西, 在心中默念或大声说出那句神奇的咒语: *谢谢!* 做完之后, 吃上一大口然后仔细地品味, 这样做不仅会让你心情愉悦, 还能帮助你激发更多的感激之情。

你也可以尝试我的做法, 这帮助我增加了心中的感恩之情。当我在念那句咒语时, 我会将手指在我要吃或喝的食物上方不停晃动, 这就像是往上面撒上一些魔法粉末, 我在心中想象这种魔法粉末会立刻净化它们所附着的食物。这样做让我感觉感恩就好像一种神奇的配料, 我可以把它加在任何吃或喝的食物上! 如果你觉得这样做更有效, 你就可以想象自己手中拿着一个魔法粉的筛子, 魔法粉通过它被筛在你要吃或喝的东西的表面。

如果在哪一次吃或喝之前你忘记说魔咒: *谢谢*, 当你想起来时, 你可以闭上双眼, 回忆起那次吃或喝之前的那一两秒的片段, 在心中默念那个魔咒。如果这一天你频繁地忘记对食物感恩, 那么第二天你要重复今天的练习。感恩练习的过程一天都不可耽误——这对你能否实现心中的梦想十分关键!

对生活中这些普通的事物,比如食物和水,表达感激是最高境界的感恩。如果你能达到这种境界,就将见证魔力的发生。

魔力练习事项 8

魔力配方

1. 数算你的恩福：列出你生命中值得感恩的十项恩福，并写下每一项感恩的*理由*。重读一遍写下的感恩项。然后念三遍魔咒：*谢谢、谢谢、谢谢*，尽最大努力体会心中的感激之情。

2. 今天吃或喝东西之前，你需要先看一看你要吃或喝的东西，在心中默念或大声说出那句神奇的咒语：*谢谢！* 你也可以想象在食物和饮料里撒上魔法粉末。

3. 今晚入睡前，一只手握住你的感恩石，对一天所发生的*最美好的事*，说一声"*谢谢*"。

第9天
财富磁铁

"只有心怀感恩，生活才能富足。"

迪特里希·朋谔斐尔（1906—1945）
路德教派牧师

感恩意味着财富，抱怨意味着贫穷，这是我们一生的黄金法则，不论在健康、工作、人际关系或是金钱方面，这条规则都在发挥着作用。对所拥有财富的感恩之情越强烈，即便你并不富裕，也会因此获得越多的财富。而对金钱越不满足，将会变得越发贫穷。

我们今天要进行的感恩练习能够将人们对财富不满的根源转变为感恩的行动，因此这个练习能够改变你的财运；你应该驱除种种抱怨，那只会让你的生活越发困窘，只有常怀感恩的心，才能让你奇迹般地变得富足。

许多人都认为自己不曾抱怨过金钱，可一旦入不敷出，他们就开始不自觉地抱怨起来。这种抱怨不仅体现在言语当中，也深植于我们内心。很多人忽视了自己内心的想法。有关金钱的任何的不满、妒忌、焦虑等消极的想法和言语，都会导致我们陷入更严重的贫困境地。掏出钱来支付账单自然是人们抱怨最多的时候。

如果此时你手头正紧，面对诸多账单你一定觉得十分为难，你会觉得要付的账总是比赚的钱要多。如果此时对着这些账单满是牢骚，那么你就是在抱怨自己所拥有的金钱，而这种抱怨会让你的经济状况变得更加艰难。

假如钱不够花，那你几乎不可能对着一堆账单抒发感恩之情。而事实上，这恰恰是你现在应当去做的，这样才能将更多财富吸引过来。想要过衣食无忧的生活，你就必须对所有和金钱相关的东西心怀感恩，对着账单牢骚满腹可不是感恩的表现。你需要做的事情和这刚好相反，你要对着这些账单表达感激，因为这些账单的生成恰恰表明你获得了相应的商品和服务。表达感激对你来说并非难事，而这简单的行为则会对你的财运产生深刻的影响，你慢慢地会变成吸引金钱的磁石！

对手中的账单心存感激，想象这些账单的产生让你获得了多少便利的服务或是优质的商品。如果这是你租房而产生的费用，你应该感激这笔钱的支出让你拥有了一个家，一个遮风避雨的住处。想象如果你不去支付这笔钱来换取这个住所，又或是如果没有人想出租房屋给你，结果会是怎样呢？我们或许就要露宿街头，因此对你的房东以及他们租赁给你的房屋表示感谢，因为这让你获得了一处住所。

如果你的钱是用来支付电和煤气的费用，你就可以想想因此而获得的舒适生活，比如热水器以及你所使用的各种家用电器。如果你的钱是用来支付电话和网络费用，那么不妨想想如果没有这些设施，你还需要大费周章地当面和对方交代事情。想想你和朋友、家人通电话，发送电子邮件以及通过互联网传递信息时的便利，这些便捷的服务都只需你轻轻动动手指，因此我们应该对它们心存感激，感激提供这些服务的公司赋予我们信任，在我们交付费用之前就能任意使用。

自从我发现了感恩的神奇魔力之后，每次支付账单时我都会写下那句神奇的咒语："*谢谢——已付清*"，从未落下一次。起初没钱付账单时，我会想到利用感恩的魔力，在账单上写下一行字："*感谢我所拥有的金钱。*"当我付完钱之后，我就会在账单的后面加上一句，"*谢谢——已付清。*"

今天你也要尝试着进行相同的练习。找出一张你尚未支付的账单，借助感恩的力量，在账单的背面写下一行字："*感谢我所拥有的金钱。*"对支付账单所花费的金钱心怀感激，不论你是否已清偿。如果你选择利用网络支付账单，那么在你收到电子

账单时用邮件将它转发给自己，并在邮件主题一栏用大写字母
拼出下列几个单词：**感谢我所拥有的金钱。**

接下来，找出十张已经支付过的账单，并在账单的正面写
下下面一句具有神奇力量的话语："感谢——已付清。"在你写
下这句话的同时，尽可能地在心中体会这种感激之情，感谢自
己拥有足够的金钱支付账单。对已付清的账单所产生的感激之
情越强烈，你就会吸引越多的财富向你聚拢！

从今天开始，每次在你支付完账单之后，你都可以进行这
项练习，想想这份账单给你带来的便利服务，然后在账单正面
写下那句魔咒："感谢——已付清。"如果你的钱不够支付账单，
你依然可以借助感恩的魔力，记住在账单上写下："感谢我所拥
有的金钱。"那种感觉就好像感谢自己已经付清了账单！

对你付出的金钱心怀感恩将保证你获得更多的财富。感
恩就像一根带有磁性能吸附你钱财的金线，每次你将钱花出去
时，它都会重新回到你的身边，有时候是等量返回，有时候是
十倍，有时候甚至是百倍。所回流财富的多少并非取决于你花
出去多少，而在于你到底怀有多少感恩。在你付出五十美元时，
如果感恩的情绪足够强烈，那么你就会重新获得几百美元的
财富。

魔力练习事项 9

财富磁铁

1. 数算你的恩福：列出你生命中值得感恩的十项恩福，并写下每一项感恩的*理由*。重读一遍写下的感恩项。然后念三遍魔咒：*谢谢、谢谢、谢谢*，尽最大努力体会心中的感激之情。

2. 找出一张你尚未支付的账单，借助感恩的力量，在账单的背面写下一行字：*感谢我所拥有的金钱*。对支付账单所花费的金钱心怀感激，不论你是否已清偿。

3. 找出十张已经支付过的账单，并在账单的正面写下下面一句具有神奇力量的话语："*感谢——已付清*。"真正体会这种感激之情，感谢自己拥有足够的金钱支付账单。

4. 今晚入睡前，一只手握住你的感恩石，对一天所发生的*最美好的事*，说一声"*谢谢*"。

第10天
魔法粉末

"没有什么事情比表达感谢更为紧迫。"

圣安布罗斯（340—397）
神学家、天主教主教

古代的精神教诲我们以诚挚之心对待他人会获得百倍的回报，因此，对那些曾经给予你恩惠的人表达感谢不仅是一项紧要的任务，而且对改善你的生活也至关重要。

感恩是一股很强的能量，你对谁表达感激，这股力量就会流向哪里。如果你觉得感恩的能量像是闪闪发光的魔法粉末，那么在你对那些曾施与你恩惠的人表达感谢时，你就像是在他们身上撒下了这些魔法粉末！这种魔法粉末中所蕴含的积极有力的能量会在这些人的身上产生影响。

每天我们借助电话、电子邮件，或是在工作，购物，乘坐电梯、公交的过程中接触到许多人，我们应该对当中的大部分人表达感激，因为我们从他们那里有所收获。

想想一天当中那些为你提供服务的人，他们有的在商店或餐馆工作、有的是公共汽车或出租车的司机、有的是客服人员、有的是清洁工，还有的是你工作中的同事。这些从事服务行业的人努力满足你的需求，而你也从他们那里获得了服务。如果你对他们的服务没有说声*谢谢*，那么你就是一个不知感恩的人，也将因此阻碍那些积极的事物进入你的生活。

想想那些保证我们的交通系统安全畅通的维修工人，以及那些维持电力、天然气、自来水和公路等生活设施正常运作的人员。

想想那些打扫街道、公厕、火车、汽车、飞机、医院、餐馆、超市，以及写字楼的保洁工人。你或许无法对所有的人都说声*谢谢*，但每当你从他们身边经过时，只要轻轻地对他们道声*谢谢*，就如同你在他们身上撒下了魔法粉末。当你坐在洁净如新的课桌旁，或漫步在一尘不染的街道上，或踏上光亮可鉴的台阶的时候，请记得心怀感恩。

去咖啡厅或餐馆时，别忘了对那些给你提供服务的人说声

谢谢，这样你就在他们身上撒下了魔法粉末。不管他们是为你擦桌子、递菜单，还是帮你点餐、倒水、上菜、清理饭桌、结账，每次都不要忘了对他们说声*谢谢*。不论你是在宾馆办理退房手续，还是在超市款台结账，都不要忘了抛撒魔法粉末，记得对那些给你提供服务、帮你为商品打包的人说声*谢谢*。

如果你乘坐飞机旅行，可以对帮你办理登机手续的服务人员、安检人员、检票员，以及在门口迎接你的空乘人员说声*谢谢*，这样你就在他们身上撒下了魔法粉末。飞行过程中，对每次为你提供服务的乘务人员道声*谢谢*。送来饮料和食物，清理废弃物，这些都是他们为你提供的服务。在你乘坐飞机时，航空公司会感谢你选择这条航线，机长、乘务人员也会对你表达感谢，因此在你走下飞机时同样也应该对*他们*表示感谢。每当飞机安全降落目的地时你要说声*谢谢*，能够飞上云霄对你来说是一件很神奇的事！

对那些在工作中帮助了你的人表示感谢，不管是秘书、前台接待、餐厅服务员、保洁、客服人员，还是你的同事。一声*谢谢*将在他们身上撒下神奇的魔法粉末！他们为你服务，因此应当获得你的感谢作为回报。

商店导购、服务员每天都在辛勤地工作，他们选择了一份服务他人的工作，服务公众意味着要和各种脾气性格的人打交道，当然也包括那些不懂得感恩的人。下次在你接受他人服务时，记得他们也是父母心中最珍视的儿女，被他们的兄弟姐妹视为最重要的人，他们是受人热爱和尊敬的搭档和朋友，他们值得你用和善和耐心去对待。

或许你也会遇到某些服务人员态度粗暴、没有给予你应有的照顾和服务，让你感谢这样的人确实有些困难，但一个人的感恩不应受他人行为的左右。不论何时都选择心怀感恩！无论何时都让魔力涌入生活！你不知道他们此时在经历怎样的困难，他们或者身体不适、或许刚刚失恋、或许刚刚结束婚姻，又或许心情低落甚至处境艰难。你的感激和善意或许让这次相遇成为他们这一天当中经历的最美妙的时刻。

"心存善念，因为每个你邂逅的人此时都在经历着异常艰苦的战斗。"

亚历山大的斐洛（约公元前 50—前 20）
哲学家

在电话中对帮助过你的人表达谢意时，不要仅仅说声*谢谢*，你还要说出感谢的原因。比如："谢谢你的帮助。""谢谢你能迁就我。""谢谢你让我占用了那么多时间。""谢谢你替我解围，真的很感谢。"只需简单的一句话，对方会有意想不到的回应，这是因为他们感受到了你的那份真诚。

当面对人表达感谢时，你需要直视对方，只有这样他们才能感受到你的谢意，或者说被你撒下魔法粉末。假如你像对着空气一样说*谢谢*，或者低着头说*谢谢*，又或者一边打电话一边说*谢谢*，你就白白浪费了一次帮助对方和改善自己生活的机会，因为此时的你毫无诚意可言。

几年前我在商店为妹妹挑选礼物，商店导购认真听取我的要求，然后像是为她的妹妹挑选礼物一样精心地帮我选择。当店员将那件已经打包好的精致礼物递给我时，恰好我的电话响起，我接完电话，接着走到商店门口，突然一种无法遏制的感情遍及全身，我立刻转身走到刚刚那位帮助过我的店员身旁，告诉她我为*何感激她*的所有想法和理由，让她明白我对她为我所做的一切是多么感激。我对她撒下了魔法粉末！她的眼睛开始湿润，脸上随即绽放出我从未见过的灿烂微笑。

　　每个行动总会换来与之相对等的反作用。如果你是真心表达*谢意*，对方会感觉到这份情绪，你的感恩不仅会让别人心生暖意，也能让你的心中充盈巨大的喜乐。那天从商店走出来时我就感到异常喜悦。

　　我不仅会对那些为我提供服务的人表达感谢，在任何场合我都会尝试使用感恩的魔法粉末。当女儿开车返回她家之前我和她道别，为她能够平安到家而心怀感恩。我搓动着手指，想象着在女儿和她的车上撒下魔法粉末。有时候我会在新项目启动前在电脑上撒下魔法粉末。或者在走进商店想要寻找一件需要的东西时，我也会使用魔法粉末。我的女儿在开车时也会使用魔法粉末，如果她看到哪个司机看起来很疲劳或是超速行驶时，她就会在他们的身上撒下魔法粉末，这样有助于他们恢复精神，保证驾驶的安全。

　　今天，也请你随身携带这些魔法粉末，并准备将它撒向那些为他人提供服务的人，寻找一些可能的机会对他人说声*谢谢*，这样你就将魔法粉末撒向了对方。今天请试着对十个为你提供不同服务的人说声谢谢，是否有机会当面道谢并不重要，你大可在心中感谢那些为你服务的人，魔法粉末也将因此撒在他们身上。比如说，你可以在心中默念：

我要衷心感谢那些清晨早起工作的清洁工，他们将垃圾清扫干净，保证了路面的整洁。他们每天都要进行这样的打扫，而我却从未意识到他们的服务让我获得多少便利。谢谢。

留心你今天对几个人心怀感恩，这样你就清楚自己在何时对十个为你提供不同服务的人表达了感谢，并在他们身上撒下了魔法粉末。你可以想象这些粉末落在了你感谢的对象身上，随后，一股无形的感恩力量开始在他们身上发挥神奇的魔力。这种想象能够让你更加确信感恩的魔法粉末确实存在，被施与的人们的生活将会随之改善。每当你将魔法粉末撒向他人的时候，神奇的力量也将对你的生活产生影响。

假如今天你待在家里，那么坐下来并拿起笔，打开日记本或电脑，回忆那些人为你提供方便时的情景：可能是一个人在电话里对你的帮助，或者是哪个技术人员帮你解决了难题，又或者是邮递员、垃圾回收处理公司、附近商店的店员为你提供了周到的服务。列出十个为你提供服务的人，并对他们道声感谢，这样魔法粉末就会被撒在他们身上。

魔力提示

　　记得在今天抽空阅览第二天的魔力练习内容，因为明天的第一件事就是要进行这些练习。

魔力练习事项 10

魔法粉末

1. 数算你的恩福：列出你生命中值得感恩的十项恩福，并写下每一项感恩的*理由*。重读一遍写下的感恩项。然后念三遍魔咒：*谢谢、谢谢、谢谢*，尽最大努力体会心中的感激之情。

2. 今天，将魔法粉末撒向**十个**为你提供方便的人，当面或在心中对他们表示感谢。对他们的服务心怀感恩。

3. 今晚入睡前，一只手握住你的感恩石，对一天所发生的*最美好*的事，说一声"*谢谢*"。

4. 记得在今天抽空阅览第二天的魔力练习内容，因为明天的第一件事就是要进行这些练习。

第 11 天
充满魔力的清晨

> "清晨醒来，想想自己现在还活着、能够思考、可以享受
> 人生、可以去爱别人，这是上天赐予我们的多大的恩惠。"

马可·奥勒留（121—180）

古罗马皇帝

想要让自己即将开始的一天充满魔力，最简便的方法就是在一天的清晨就心怀感恩。如果你能够在清晨时满怀感激地开始一天的忙碌，那么感恩的魔力将会给你带来一天的好运。

清晨时分总是有许多表达感谢的机会，并且这样做并不会让你放慢速度或占用你额外的时间，因为你无须刻意为之，在完成其他琐事的同时我们可以表达心中的感激。用感恩的心情去迎接每个清晨，这还能令你有额外的收获，因为清晨我们在重复例行琐事时经常会不自觉地产生 些消极的念头，这样做对我们生活的改善毫无益处，而此时若你的思想集中于搜寻一

切值得感恩的事情，就可以屏蔽种种消极的念头。通过这个练习，你会发现自己比以前更加自信和快乐——亲眼见证魔力给你生活带来的改变，这会让你更加期待着每一天的到来！

　　新一天的早晨你在睡梦中醒来，不要着急起床或是忙碌其他事情，首先念出那句魔咒：*谢谢*。为你依然生活在这个世界上说声*谢谢*，为上天又赐予了你一天的生命说声谢谢。你的生命，包括生命中的每一天，无一不是上天的馈赠。如果你能够这样看待自己的生命，清晨醒来后很自然你的心中会充盈着感恩之情。如果你认为每一天的生活对你来说并非意义非凡，那么试着被剥夺一天的时间！不管你是否困意正浓，不管你的闹钟是否催促你起床工作，也不管你在周末醋睡多久，当你睁开双眼，请念出那句魔咒：*谢谢*，接着开始新一天的生活。

　　对昨天一晚的安睡说声*谢谢*。能够躺在松软的床上入睡，难道不是一件幸运的事吗？*谢谢！* 在双脚重新触碰到地面的那一刻说声*谢谢*。你是否拥有一间盥洗室？*谢谢！* 你拧开水龙头时洁净的自来水是否源源不绝？***谢谢！*** 想象那些在全国各地辛勤挖掘、铺设管道的工人，是他们让管道贯通全国，穿越城市、街区进入千家万户，让你拧开水龙头便可享受清澈、安全、温暖的水源。*谢谢！* 当你拿起牙刷和牙膏时，*谢谢！* 没有它们，你的日子就不会像现在这么惬意。对毛巾、香皂、梳妆镜以及卫生间里所有你用到的梳洗、整理面容的东西说声*谢谢*。

换好衣服之后，想想自己能从众多衣服中挑选出最合适的有多么幸运。*谢谢！*想想自己身上所穿的这件衣服花费了多少人的心血和劳动。这件衣服之中甚至包含着许多国家的工厂之间的合作。*感谢所有人！*你的脚上是否穿着鞋子？你真幸运！想想如果没有鞋子你的生活会是什么样子？*感谢你的鞋！*

"又是新的一天、一个新的开始、一次新的尝试，我感到欣喜若狂，前面等待着我的将是怎样的不可思议。"

J.B. 普利斯特里（1894—1984）
作家和剧作家

集中意念、将感恩的心情倾注于清晨的日常琐事，这样会让你今天一整天都保持积极的状态。从睁开双眼的那一刻直到你将鞋子穿好，整理完毕，在你触碰和使用任何日常用品时心中默念魔咒：*谢谢*。不论你清晨醒来的第一件事是洗澡或换衣服，你依然可以进行本次练习，该项练习适用于清晨的一切日常活动。如果醒来后第一件事是吃早餐，那么对你在饭桌上触碰到的一切事物说声：*谢谢*。对早起的一杯茶、咖啡、果汁以及其他食物说声谢谢。是它们让你拥有了一个精力充沛的清晨。

感谢早餐时所使用的厨具——例如冰箱、电磁炉、烤箱、面包机、咖啡机、水壶。

在一只脚踩在地上时说出一个"谢"字，在另一只脚触碰到地面时说出另一个"谢"字，这样当每次双脚站立在地面上时，你已经说完了"*谢谢*"，这件事需要你坚持每天不落。走向浴室的过程中每迈出一步就在心中默念一句：*谢谢*。接着在触摸或使用浴室中的各种物品时也要不断地重复：*谢谢*。这样在你穿戴完毕即将出门时心情会格外愉悦，这种喜悦甚至会让你的身体变得轻盈。每当产生这种感觉时，我知道这是感恩的力量在发挥作用，接下来的一天就像被倾注了某种魔力。一天下来，我会觉得自己经历了一个又一个的幸运，魔力仿佛如影随形。每当幸运降临时，我感恩的情绪就会加深一层，这会促使感恩的力量召唤更多的幸运降临。你是否也曾经历过这样一帆风顺的日子？这就是你在进行完今天的练习之后将迎来的生活，它无疑会让你的幸运翻倍！

魔力练习事项 11

充满魔力的清晨

1. 新的一天来临，当你从睡梦中醒来，先不要忙着做其他事，念出那句魔咒：*谢谢*。

2. 从你睁开双眼到整理完毕将要出门，这一过程中对你触碰到的以及使用过的所有物品，念出那句魔咒：*谢谢*。

3. 数算你的恩福：列出你生命中值得感恩的十项恩福，并写下每一项感恩的*理由*。重读一遍写下的感恩项。然后念三遍魔咒：*谢谢、谢谢、谢谢*，尽最大努力体会心中的感激之情。

4. 今晚入睡前，一只手握住你的感恩石，对一天所发生的*最美好的事*，说一声"*谢谢*"。

第12天
改变生命的
神奇之人

> "人生的一盏明灯熄灭时，总会有人为我们点亮另一盏，对于照亮我们人生道路的人，我们应当怀有深深的感激。"

阿尔伯特·施韦策（1875—1965）
诺贝尔和平奖得主
医务传教士和哲学家

在我们人生的困顿时刻，总会有人为我们送上帮助、支持和指引。有时候，这些人的鼓励、教诲以及他们所施与的援手会改变我们的生活轨迹。当我们渡过难关，或许会忘记那些曾在我们生命中出现并改变我们生命的人，有时我们甚至意识不到这些人给我们的未来带来了怎样的影响，直到有一天我们回忆往昔，才会意识到某个人曾经引导着我们的人生朝向更加光明的未来发展。

这个人或许是你的老师或教练，或许是你的叔叔、姑姑、兄弟姐妹、祖父母，或其他家庭成员，又或许是一位医生、护士或是你最好的朋友。他们或者介绍你认识了现在的搭档，或者激发了你的某种兴趣和热情。你甚至不认识他们，在你心中，他们只是个匆匆过客，不经意地留下些许安慰却直接击中你灵魂的内核。

我的祖母培养了我对书籍、烹饪和乡村生活的热爱。祖母会和我分享她所喜爱的事物，而这些也影响了我的生活轨迹。接下来的二十年我对烹饪怀有极大的热情，而对书本的热爱也让我最终走上了写作的道路，同时，对乡村生活的留恋让我选择一直居住在那里。

祖母也让我学会将"谢谢"变为一种习惯。当时我认为她这么做只不过是教我懂礼貌。后来我才意识到祖母教会我一句非常重要的魔咒，这是她这一生赐予我的最珍贵的礼物。祖母现在已经去世，然而我会永远感谢她对我今后人生的重要影响，我要说一声：*谢谢你，祖母！*

今天，你也需要仔细思考那些影响过你人生的重要人物。现在你可以找一个安静的角落，一个人坐下来，想一想让你的人生发生转变的三个最重要的人。等你心中有了答案，想象他们就站在你面前，你需要挨个对他们大声说出你感谢他们的理由，以及他们是如何影响了你的人生。

注意这个练习需要一气呵成，这样才能激发你内心更深层的感激。如果将这个练习分成一天几次来做，你心中的感恩之情就无法完全迸发，练习也将无法发挥应有的魔力。

你可以参照下面的这段话来表达内心的感激：

萨拉，我想要感谢你那时候鼓励我遵从内心的感受，那天我很迷茫、很困惑，是你的话触动了我，帮我走出沮丧的深渊。正是你的这番话，让我鼓起勇气追寻梦想，我来到法国做了一名学徒厨师。我终于得以实现梦想，感到前所未有的喜悦。这些都得益于那天你对我的教诲。谢谢你，萨拉！

说出你感恩的缘由，这一点非常重要，在这个方面说得越多越好。原因表述得越详细，心中的感恩情绪就会越强烈，最终的效果也会越好。接下来你将见证魔力像烟花一般在你的生活中绚烂绽放；本次的感恩练习将产生有史以来最显著的效果。

　　如果现在的条件不允许你大声说话，你可以将你对另一个人的感激用文字记录下来，注意这段话要用书信的格式，开头需要用人名称呼。

　　结束本次练习之后，你会发现自己对生活的看法发生了巨大的改变，感恩发挥着它的魔力，最明显的证据就是你比从前更加快乐！同时，你发现自己对那些积极事物产生了吸引力。感恩的魔力不仅限于此，练习之后你所产生的幸福感会帮助你吸引更多积极的事物，这些事物的来临将令你感到更加幸福。这就是充满魔力的生活，这就是感恩所施展的魔力！

魔力练习事项 12

改变生命的神奇之人

1. 数算你的恩福：列出你生命中值得感恩的十项恩福，并写下每一项感恩的*理由*。重读一遍写下的感恩项。然后念三遍魔咒：*谢谢、谢谢、谢谢*，尽最大努力体会心中的感激之情。

2. 今天，找一个安静的地方，列出对你的人生产生深刻影响的*三个人*的名字。

3. 想象他们就站在你面前，你挨个对他们大声说出你感谢他们的理由，以及他们如何影响了你的人生。

4. 今晚入睡前，一只手握住你的感恩石，对一天所发生的*最美好*的事，说一声"*谢谢*"。

第13天
让你的心愿
成真

"想象力是一张真实存在的魔毯。"

诺曼·文森特·皮尔（1898—1993）
作家

　　如果你按照要求一直在进行感恩练习，那么到现在为止你已经积累了惊人的基础，可以对生活赐予你的以及将要赐予你的恩福表达感恩。今天又是一个激动人心的日子，因为接下来你将借助感恩的魔力实现你的梦想和愿望。

　　数个世纪以来，许多文化中都具有类似的传统，那就是在获得之前表达感谢。古埃及人会举行尼罗河泛滥的庆祝活动，以祈求来年河水再次泛滥，保证农田的肥沃。美国的印第安人和澳大利亚的土著有着他们独特的降雨舞蹈，许多非洲部落在狩猎之前都要为将要获取的食物举行某种仪式。不论哪一种文化和宗教中的祈祷，其本质都是在得到希望的东西之前表达感激。

吸引力法则告诉我们"同质相吸"，意思是你必须在脑海中对想得到的东西模拟出一个形体，或者意象，包括你想要的一切。接着，为了得到你梦想的东西，你必须想象这件东西就是你的，将你的心情调节到像已经得偿所愿的状态。要做到这一点，最简单的方法就是对你渴望的东西表达感激——在你获得它以前。如果之前你从没有想过借助感恩的力量获得梦想的东西，那么今天你会发现感恩具有的另一种不可思议的魔力。《圣经》也已经印证了感恩所具有的这种力量：

> "（现在）心怀**感恩**之人（在将来）会被赐予更多，变得富余。"

获得之前就必须心怀感恩，感恩不是在恩福降临之后才有的感情。许多人通常会在获得好处之后才想起感激，但如果你想要达成所有的心愿，并使你的人生从此富足无忧，你就必须在得到之前和得到之后都心怀感恩。

在心愿达成以前虔诚地表达感恩，大脑很自然地会对你想要得到的东西产生意象，就好像你已经获得，此时你就产生了获得之后的感恩情绪。让脑海中的意象和感恩情绪继续，接下来你就会奇迹般地获得你想要的东西。你不会明白自己是如何

实现梦想的，你无须考虑这样的问题，就像你无须考虑走路时
重力是如何运作才将自己固定在地面上这样的问题。你只需相
信走路时双脚会依循引力定律坚实地踏在地面上。同理，你也
只需相信和明白当你对渴望的东西表达感恩时，这件东西就会
奇迹般地来到你的身边，因为这是宇宙的自然法则。

现在你最渴望的是什么？

在本书的开头，我就让大家弄清楚在人生的各个方面想
要获得的东西（如果之前你没有想过，那么现在你需要想一想
了）。你可以列一张表，写出你最想得到的十项事物，然后开始
我们今天的练习。你可以从不同角度选择十项欲望，比如金钱、
健康、家庭、人际关系，或者你也可以从一个角度列出你最想
要改变的十件事，比如工作或成功。对你最渴望的东西，心中
要十分明确、尽可能的具体，只有这样，我们才能从本次练习
中收获不可思议的变化。想象自己对着宇宙发出了一份神奇的
订单，订单上面的内容就是我们的十项心愿，而事实上，依据
吸引力法则，我们确实在如此运作。

坐在电脑前，或是拿出笔和笔记本，列出十项你最想实现
的愿望，注意使用下面的句式，*就好像现在你已经梦想成真*：

*谢谢、谢谢、谢谢*_____，在空格处填上你的心愿，感觉好像此时心愿已经达成。

比如：

谢谢、谢谢、谢谢考试获得了高分，我将因此进入梦寐以求的大学！

谢谢、谢谢、谢谢这个激动人心的消息，我们的孩子不久将降临这个世上！

谢谢、谢谢、谢谢这个梦寐以求的家，每一处细节都符合我们的心意！

谢谢、谢谢、谢谢和父亲的这通充满温情的电话，我们的关系因此得到了改善！

谢谢、谢谢、谢谢这个治疗结果，我现在重获了健康！

谢谢、谢谢、谢谢这笔钱财不期而至，正好足够我去欧洲游玩一番！

谢谢、谢谢、谢谢这个月我们的销售额增加了一倍！

谢谢、谢谢、谢谢这个创意帮我们赢得了一个大客户！

谢谢、谢谢、谢谢我最棒的搭档！

谢谢、谢谢、谢谢这次搬家很轻松、很顺利！

连着写下三个谢谢，这样做就避免了你草率地说"谢谢"，而是使你的注意力集中在感恩上，从而增强了感恩的力量。另外，说三次*谢谢*是有缘由的，"三"本来就是具有魔力的数字，万物的生成离不开数字"三"。比如，一个男性和一个女性在一起创造了一个孩子。男、女、孩子加起来是三个，完成了新生命的创造过程。同样的，数字"三"在宇宙的其他创造过程中也有所体现，将你的愿望变为现实当然也不例外，因此当你一连说出三次*谢谢*时，你就是在利用数字"三"的神奇创造力帮助你达成愿望！

心愿成真练习的第二步是让更强烈的感恩情绪渗透到你的心愿当中，这一步你可以在今天的任何时候完成，你可以在列出心愿之后立刻进行这一步的练习，或是在今天的其他时候完成。

让感恩的力量充分渗透到你的每个心愿当中，你可以先从第一个心愿开始，运用你的想象力，想象自己已经达成了心愿，在心中回答下面的问题：

1. 达成心愿时你会有什么样的感受？

2. 达成心愿后你会第一个通知谁？你会怎样告诉他们？

3. 达成心愿后你要做的第一件重要的事是什么？在心中尽
　可能具体地描绘这些细节。

最后，将所有的心愿重新阅读一遍，着重强化那个魔力词
语：*谢谢*，在心中尽可能多地体会感恩的情绪。

接着，继续第二个心愿，按照上面的步骤依次进行到最后
一项心愿。在每项心愿上停留的时间至少为一分钟。

想要增加这个练习的力度和趣味性，你不妨制作一个魔力
面板，将你渴望的事物剪下来，贴在面板上，这个面板必须放
在你经常能够看见的地方。将"**谢谢、谢谢、谢谢**"这几个
字用加黑的大号字体，贴在魔力面板上，你可以将冰箱的外壳
作为一个魔力面板。家长们可以和孩子一起进行这个练习，因
为孩子们一定会喜欢这个游戏！想象你的魔力面板真的具有魔
力，无论你将什么样的画贴在面板上，画面里的事物都会开始
逐渐向你移动，你的感恩之心会像磁石一般将你的心愿最终吸
引到你的身边。

魔力练习事项 13

让你的心愿成真

1. 数算你的恩福：列出你生命中值得感恩的十项恩福，并写下每一项感恩的理由。重读一遍写下的感恩项。然后念三遍魔咒：谢谢、谢谢、谢谢，尽最大努力体会心中的感激之情。

2. 坐在电脑前，或是拿出笔和笔记本，列出**十项**你最想实现的愿望，在每一项心愿之前说三声谢谢，感觉自己此时已经实现了愿望。例如，谢谢、谢谢、谢谢 你的愿望 。

3. 运用你的想象，想象自己已经实现了十个愿望，并在心中回答下面的问题：

   1）达成心愿时你会有什么样的感受？

   2）达成心愿后你会第一个通知谁？你会怎样告诉他们？

   3）达成心愿后你要做的第一件重要的事是什么？在心中尽可能具体地描绘这些细节。

4. 将你列出的十个心愿重新阅读一遍，着重强化那个魔力词语：谢谢，在心中尽可能多地体会感恩的情绪。

5. 根据你的喜好，制作一个魔力面板，将你梦想的画面剪下来贴在面板上，你需要能经常看见它。在面板上的标题位置用加黑大号字体写出**"谢谢、谢谢、谢谢"**这几个字。

6. 今晚入睡前，一只手握住你的感恩石，对一天内所发生的最美好的事，说一声"谢谢"。

第 14 天
拥抱神奇的一天

> "将你的意愿压缩成文字，从中会释放出神奇的力量。"
>
> 狄巴克·乔布拉（生于 1946 年）
>
> 医师和作家

想要见证和体验人生中最具魔力的日子，在开始之前的一整天你就必须心怀感恩！将这神奇的一天内所要经历的事做一个详细的计划，然后在这一天未开始之前，对将要发生的美好事情说声：谢谢。这件事做起来很简单，只需占用你几分钟的时间，然而却能为你即将开始的一天带来不可思议的影响。依据吸引力法则，提前表达感恩会让你接下来的一天充满魔力；当你对将要开始的美好历程表示感激时，一定会吸引美好的经历在这一天发生！

如果你对自己是否具有改变一天境遇的力量还持有怀疑，你可以回忆一下早起时的情绪低落或暴躁，怀着这样的心情开

133

始一天的生活，事事不顺，到处出错，结果一天下来你不禁大叫倒霉——似乎这让人烦心的日子只是不巧被撞上。但是，我要说，之所以会经历这样的一天，唯一的解释就是一大早伴随你的坏心情，是它造成了接下来一连串的不顺遂。

其实一大早起来心情不佳也并非偶然，主要原因是你入睡前想了些消极的事情，或许连你自己都没意识到这一点。这就是为什么你需要将"魔法石练习"作为晚上入睡前的最后一次练习，这样是为了确保你带着积极的心态入睡。临睡前的"魔法石练习"再加上清晨进行的"数算恩福练习"会让你在入睡和醒来时都有一个好心情，这样就保证了你在开始一天生活之前能够感觉良好。

想要让一天都充满不可思议的魔力，首先你需要有个良好的心情。除了感恩，再也找不到任何一项事物能够确保你立刻拥有一个积极的心态。

不管今天你有什么样的计划，旅行、开会、进行工作项目、与人共进晚餐、锻炼身体、将衣服送去干洗店、打比赛、看电影、会朋友、练习瑜伽、打扫房屋、去上学、购买日用品，想让今天变成不可思议的日子，你只需说出那句咒语：*谢谢*，保证计划的顺利进行——请在开始之前就这样操作。如果你有列计划的习惯，可以先将你今天的计划浏览一遍，为每一项计划能够顺利进行表示感谢。你可以在心中默念，也可以将感激写在纸上，重要的是你感觉每项计划和活动都取得了最完满的结果。

在开始"拥抱神奇的一天"练习之前，利用感恩的力量扫除今天活动和计划中可能会发生的意外情况和困难。本次练习操作得越频繁，今天取得的成果就会越显著。所有的事情，不论大小，都会按照你的预期进行，不可思议的魔力将帮你驱除今天所有的曲折和不幸，崎岖道路也将变为平坦通途。所有的事情完全按照你的意愿，没有担忧和压力，充满轻松和乐趣。

当刚开始进行今天的这项练习时，我选择在当天不太愿意做的事情之前表达感恩。其中一件就是去超市买东西。一大早我就念出了那句神奇的魔咒："感谢今天我获得了一次轻松、愉快的超市购物经历。"我并不清楚这次去超市的经历会怎样，但对这次购物的结果我的心中预先充满了感恩之情。

在感恩力量的作用下，我很轻松地在靠近超市入口处找到了一个停车位，接着我碰见了两位友人。第一位是我许久未见的朋友，我们购物之后一同吃了午饭，第二位朋友给我介绍了一个干活麻利而且收费不高的保洁员，这正是我一直苦苦寻找的人。除此之外，在超市购物时，不论我想要找什么、需要买什么，那件东西就会立刻神奇地出现在我眼前，所有的东西在货架上都摆放得井井有条，许多东西都在搞特价。我花了出奇短的时间拿到了所有需要的商品，然后朝收款台走去，就在这时，一条新的收款通道开放，收银员示意我走这条通道；接下来，收银员为我一件一件地扫描商品，突然她向我询问道："您需要电池吗？"要不是她的提醒，我差点就忘了买这样东西！这次超市购物十分轻松、惬意——如同被施了魔法一般！

你只需在清晨花几分钟的时间，对今天一天将要做的工作表达感谢，而你所得到的回报就是拥有神奇的一天，今天这个简单的练习能彻底改变你一整天的境遇。

想要拥有神奇的一天，当你清晨醒来时，在起床之前，或是在洗澡和穿衣的这段时间里，思考一下今天要做的事，为每件事能够顺利进行说声谢谢。你要确保今天的这项魔力练习在清晨进行，并且一气呵成。按照大脑中列出的计划开始一天的生活，清晨、中午、晚上，直至入睡。对每一项计划和活动，说出那句魔咒，想象这是在一天结束时表达的*感谢*，这样你的感恩情绪就会更加自然。

　　你也可以使用一些表达程度的形容词来帮你激发内心的感恩情绪。"*谢谢*今天这次十分成功的会议。""*谢谢*这一通电话所带来的如此神奇的结果。""*谢谢*工作以来这最完美的一天。""*谢谢*这场激动人心的比赛。""*谢谢*这次轻松、有趣的大扫除。""*谢谢*和朋友们一同度过的不同寻常的夜晚。""*谢谢*今天令人放松的旅行。""*谢谢*健身课为我带来的充沛精力。""*谢谢*这个有史以来我所经历的最感动的家庭聚会。"

　　如果对每次的经历都能大声说出*谢谢*，那么这句魔咒所具有的力量将变得更加强大，但如果你现在身处的地方不适合大声说出这句话，那么你也可以在心里默念。

　　将感恩的魔力运作于今天你所要完成的任务之后，在练习结束时请说："谢谢今天我所得到的激动人心的消息。"每天早晨当我用感恩的心情期盼神奇的一天来临时，我一定会在最后说一句这样的话。结果就是，我真的在这一天得到了许多激动人心的消息，日复一日，每天各种各样令我欣喜万分的消息来到我的身边！每次收到这样的消息，我就感到由衷的感激和兴奋，因为我知道这是我利用感恩的魔力召唤来的，接下来会有更多令我感到高兴的消息将要到来。如果你也想和我一样，每日都能收到激动的消息，那么就请跟随我的脚步吧。

魔力练习事项 14

拥抱神奇的一天

1. 数算你的恩福：列出你生命中值得感恩的十项恩福，并写下每一项感恩的*理由*。重读一遍写下的感恩项。然后念三遍魔咒：*谢谢、谢谢、谢谢*，尽最大努力体会心中的感激之情。

2. 清晨，将你今天一天从早到晚、直至入睡的计划在脑海中重现一遍。为了保证一切进展顺利，对每一个计划和活动说出那句神奇的魔咒：*谢谢*。想象这是在一天结束时表达的感谢，因为一切都很顺利，所以你沉浸在巨大的感恩情绪当中。

3. 将感恩的魔力运作于今天你所要完成的任务之后，在练习结束时请说："谢谢今天我所得到的激动人心的消息。"

4. 今晚入睡前，一只手握住你的感恩石，对一天所发生的最美好的事，说一声"*谢谢*"。

第15天
人际关系
魔力修复剂

　　如果此时的你感情出现危机，为某人心碎难过，或是对谁怀有仇恨和不满，你都可以通过感恩来扭转这种局面。感恩会奇迹般地改善你的人际关系，不管对方是你的丈夫或妻子、兄弟或姐妹、儿子或女儿、搭档或客户、领导或同事、岳父母或公婆、父亲或母亲、朋友或邻居。

　　如果此时我们感到与对方相处异常困难，或是处处受到挑战，不管情况怎样，唯一的解释就是我们对对方缺少感恩之情。我们忙着指责对方身上存在的问题，这就表明我们心中丝毫不存感恩。相互埋怨从来不会帮我们改善人际关系，更不会使我们的生活得以改善。事实上，你指责对方越多，你们之间的关系就会越发恶化，你的生活就会变得越发不顺心。

　　不管这段关系是正在继续还是已经终结，如果对某个人有负面的感觉，你可以学着用感恩的情绪驱散这种负面情绪。那么，你为什么想要根除对对方的负面情绪呢？

　　"执怒就像握了一把要丢向他人的热煤炭，被烫伤的人反而是你。"

佛陀（约公元前563—前483）
佛教创始人

　　对他人的负面情绪会令你的人生备受煎熬，而感恩的心能够帮你消除这种痛苦。

　　比方说，因为孩子的关系，你总会和你的前夫或前妻有些联系和接触，对此你总是耿耿于怀。这时看看孩子的脸，你就会意识到如果没有对方，这个孩子就不会出现在这个世界上，孩子是你收到的最珍贵的礼物。看着孩子的面容，对你的前任妻子或丈夫说声"谢谢"，感谢他们和你一同赐予了这个孩子生命！将平静与和谐注入你们的关系当中，而孩子们通过言传身教也将获得人生旅途中的一件重要法宝——感恩！

　　或许，此时的你刚刚因为一段感情的终结而感到心碎忧伤，你同样可以利用感恩的魔力消除你的痛苦。感恩能奇迹般地治愈你的感情创伤，并为你快速地找到幸福的源泉。我父母的故事就是很好的例证。

　　我的父母可以算得上是一见钟情。从他们遇见对方的那一刻起，他们就真心地感激着对方，这是我所见过的最完满的婚姻。

　　父亲去世后，母亲一直承受着极大的痛苦。几个月后，母亲强忍着内心的巨大悲痛，学着利用感恩的魔力寻找值得感恩的事物。她追忆和父亲曾经度过的美好而幸福的时刻，接着，母亲又开始寻找未来值得感恩的事物，一件接着一件。通过这样的努力，母亲发现有许多事情是父亲在世时她一直想做但没有时间做的事。母亲在感恩道路上迈出的勇敢的一步，为她的梦想注入了神奇的力量，她的生活重新变得幸福和充实。感恩的魔力赐予了母亲新生。

　　今天的魔力练习需要你去寻找一块正在灼烧你生活的木炭，并通过感恩将它转变为金子！选择一段出了问题或是破碎了的关系作为你要改善的对象。不论对方依然停留在你的生命当中，还是已经淡出了你的生命，都可以作为你考虑的对象。

　　坐下来，对你所选择的这个对象，列出对方做过的十件令你感激的事。回忆你们曾经经历过的点点滴滴，列举对方曾经做过的一些令你难忘的事，以及你在这段关系中的收获，最简单的办法就是回忆一下你们的关系恶化或结束以前是什么样子。如果这段关系一直如此，那么你应该认真考虑对方身上有哪些优秀品质。

魔力练习的目的并不是要分清到底谁对谁错。不论你感觉对方对你做了些什么，也无论对方说了什么或是没有做什么，你都可以单方面地修复这段关系，无须在乎对方到底是什么态度。

每段关系都有闪光的一面，即便你们之间矛盾尖锐，为了让你的人际关系以及你的人生更加健康充实，你必须寻找每段关系当中的闪光点。当你寻获了那些闪光的东西，就将它记录下来，并在这段记录中留下对方的名字，你可以选择下面的句式表达感激：

　__人名__，我很感激 __什么?__。

1. 鲍尔，我很感激我们在一起的日子。我们之间的婚姻虽然已经结束，但它令我明白了许多道理，我比从前更加成熟，这段婚姻让我学会以后怎样处理我的人际关系。

2. 鲍尔，我很感激你对这段婚姻所做的一切尝试和努力，十年的婚姻证明你确实为之努力过。

3. 鲍尔，我很感激你让我们有了孩子。没有你我就无法每天从他们那里获得快乐。

4. 鲍尔，我很感激你为养活全家所付出的长期的劳动，我在家照顾孩子，全家的重担都落在了你一个人的身上。非常感谢你！

5. 鲍尔，我很感激你让我拥有了孩子成长过程中的每个精彩瞬间。我有机会看着孩子第一次开口说话、第一次走路，而你却失去了这样的机会。

6. 鲍尔，我很感激你在我伤心失落时对我的支持。

7. 鲍尔，我很感激你在我生病时对我的照顾，为了照顾我和孩子，你已经尽力了。

8. 鲍尔，我很感激我们曾度过的美好时刻，毕竟我们曾经历过许多。

9. 鲍尔，我很感激你继续承担着孩子父亲的责任。

10. 鲍尔，我很感激你对我们孩子的支持以及为他们所付出的时间，孩子在你心目中如同他们在我心目中一样重要。

　　完成这十项列表之后，你会感觉对对方以及这段关系有所改善。最终的目的是为了让你不再对某个人心存怨恨，因为你的生活会被这些坏情绪所伤。每段关系都会有具体的问题，如果有需要，接下来的几天你可以重复今天的练习，直到你感觉不再对此人充满怨恨和不满为止。

假如你利用感恩的力量去改善现有的人际关系，这段关系就会在你眼前发生不可思议的改变。只需其中一方心怀感恩就足以令这段关系得到改观，但也只有心怀感恩的人才会使他的整个人生获益。

如果你选择的这段关系已经终结，你和对方已经不再联系，经过本次练习之后，你会感觉内心充满了宁静和幸福，同时你也会发现生活中的其他关系奇迹般地得到改善。

将来，如果你发现某段关系出现问题，记住一定要马上使用今天的这项魔力练习。在问题没有扩大以前将其解决，同时这段人际关系也将带来源源不绝的魔力！

魔力练习事项 15

人际关系魔力修复剂

1. 数算你的恩福：列出你生命中值得感恩的十项恩福，并写下每一项感恩的*理由*。重读一遍写下的感恩项。然后念三遍**魔咒**：*谢谢、谢谢、谢谢*，尽最大努力体会心中的感激之情。

2. 选择**一段**出了问题或是破碎了的关系作为你要改善的对象。

3. 坐下来，对你所选择的这个对象，列出这段关系当中令你感激的**十件事**，并用下面的句式记述下来：

   <u>　人名　</u>，我很感激 <u>什么?　</u> 。

4. 今晚入睡前，一只手握住你的感恩石，对一天内所发生的*最美好的事*，说一声"*谢谢*"。

第16天
健康的魔力和奇迹

"奇迹和自然并不矛盾，只是与我们所定义的自然相矛盾。"

圣·奥古斯丁（354—430）
神学家和天主教会主教

我们大多数时间应该身体强健、精力充沛、精神愉悦，因为这正是健康所赋予我们的状态。然而现实中，相当一部分人却并不经常体会到这样的状态，他们有的疾病缠身，有的身体孱弱，有的承受着抑郁症和其他心理疾病的侵袭，而这些都是不健康的具体表现。

据我所知，想要让身体和心灵奇迹般地恢复健康状态，最快捷的方法就是心中充满感恩。我们所见过的康复方面的所有奇迹都是因为健康的因素迅速充盈体内，改变了过去不太健康的体内环境。如果你对感恩是否能为你的身体带来神奇的效果还抱有怀疑，那么可以阅读《秘密》网站上许多可称之为奇迹的真实故事：

www.thesecret.tv/stories

感恩的神奇魔力促使健康的能量向身体和心灵流动，并帮助身体迅速康复，这是许多研究已经证实过的。感恩的魔力也需要同精心的照顾、营养搭配以及医疗护理等多方面相互配合才能发挥最大的作用。

如果最近你总是感觉身体不适或者精神状态不佳，那么很可能你的心里总是积聚着一些负面情绪，例如焦虑、沮丧或恐惧。对疾病的悲观情绪并不利于身体的康复，事实上，这只会起反作用——让你的病情继续加重。想要拥有健康，你就必须用积极的心态取代以往消极的心态，感恩是最简便的方法。

许多人或许还会对自己的体貌感到不满。遗憾的是，这些不满和否定的态度会降低健康的能量。对身体的某个部分不满意恰恰说明了你对身体的不感恩。想一想，依据吸引力法则，对身体的抱怨只会招致更多引发抱怨的问题，因此任何关于身体外貌的抱怨都会影响到你的健康状况。

"（对自己的身体和健康）不存**感恩**的，连他所有的也要夺去。"

"（对自己的身体和健康）心怀**感恩**之人将被赐予更多，（健康方面）变得富余。"

此时你可能身患疾病、痛苦不堪，但如果你现在正在阅读这篇文章，就表明你依然在接受着健康的馈赠。处于疾病和痛苦中的人很难去表达感激之情，但哪怕些许的感激都会神奇地为他的身体注入健康的能量。

今天的练习是为了维持健康的魔力和奇迹，该项练习旨在让你变得更加健康和快乐。为了让效果更加显著，我们设计了一个三步练习法。

步骤 1：对你已经获得的健康感恩（过去）

回忆一下童年、青少年时期以及成人后曾经拥有的健康，想想那时的你精力旺盛、没有烦恼。依次回忆这三个时期，每次在达到喜悦的巅峰状态时说出那句神奇的魔咒：*谢谢*，感受在回忆过程中内心流淌的感恩情绪。回忆那些激动人心的经历，能够帮助你快速地想起这些时期的状态。

步骤2：对你仍然拥有的健康感恩（现在）

想一想你今天依然拥有的健康，对目前状态良好的器官、系统以及感官表达你的感谢。想想你的胳膊、腿、眼、耳、肝、肾、脑和心。选择其中五处依然健康的部位，在心中依次对它们说一声：*谢谢*。

步骤3：对你渴望得到的健康感恩（未来）

你可以选择一样你希望得到改善的身体部位作为今天感恩练习的对象，不过，今天，你需要用一种特别的方式来进行这项练习。首先，想一想你希望达到的*理想状态*。当你对这种理想状态表达感谢时，你就进入了从这种理想状态中获得回报的过程。

通常当一个人得知自己患了某种疾病时，他们不会过多地谈论，只是想要了解更多有关这种疾病的信息，比如恶化之后会有怎样的症状，是否会危及生命。换句话说，人们总是将关注集中于疾病本身。然而，吸引力法则告诉我们对某一问题的关注并不能帮助我们驱散问题，因为过多的关注只会让问题变得更加糟糕。我们应当做的是反其道而行之，调动所有的思想和感情，集中意念，想象患病部位所能达到的*理想状态*。对这种*理想*状态的感恩情绪再加上思想和感情的协同运作，令我们的身体变成一块强大的磁石将所渴望的理想状态吸引而来——这种魔力作用几乎在一瞬间完成！

用一分钟的时间想想你一直渴望的身体的理想状态。当你的脑海中浮现出这种*理想*状态时，对它表达感恩，就像此时你已经达到了这样的状态。

因此，如果你想要拥有健康的肾脏，那么就对健康的肾脏表达感恩，感激它们帮你将体内的废物过滤并排出体外。如果你想要拥有健康的血液，那么就对纯净的血液表达感恩，感激它将氧气和营养输送到身体的各个角落。如果你渴望拥有一个健康的心脏，那么就对强有力跳动的心脏表达感恩，感激它保证了身体各个器官的正常运转。

如果想要改善视力，那么就对敏锐的视力表达感谢。想要改善听力，就对灵敏的听力表达感谢。想要拥有更多的柔韧性，就对柔软而灵活的身体表达感谢。想要减轻体重，首先要想想自己渴望的*理想体重*是多少，接着想象自己已经获得了完美的体重，并立刻对已经获得的好身材说声感谢。

　　不管你想要改善哪些方面，首先想象当这种*理想状态*达到时自己是怎样的，接着对这种*理想状态*表达感谢，就好像现在的你已经实现了心中的渴望。

　　"我们内心的自然力量才是治愈疾病的真正良药。"

希波克拉底（约公元前 460—前 377）

西医之父

　　如果有必要的话，你可以每天进行本项练习，如果想要加快康复的速度，或是改善某个部位的状态，你也可以一天连续几次进行练习。一定要牢记，不管什么时候对自己的身体和健康状况出现了负面的想法和心态，都必须立刻想象自己渴望的*理想状态*，并为之深深地感恩，就像此时的你已经获得了健康。

　　保证健康的最有效方式，除了关爱自己的身体，就是要对你的健康常怀一颗感恩之心。

魔力练习事项 16

健康的魔力和奇迹

1. 数算你的恩福：列出你生命中值得感恩的十项恩福，并写下每一项感恩的理由。重读一遍写下的感恩项。然后念三遍魔咒：*谢谢、谢谢、谢谢*，尽最大努力体会心中的感激之情。

2. 回忆你的幸福感达到巅峰状态的**三段**时期，对每段时期真诚地表达感谢。

3. 想想自己身体依然健康的**五个**部位，对它们依次表达感谢。

4. 选择身体的**一个**部位作为你想要改善的对象，花一分钟时间想想*理想状态*下该部位是怎样的，接着对这种理想状态表达感谢。

5. 今晚入睡前，一只手握住你的感恩石，对一天内所发生的*最美好的事*，说一声"*谢谢*"。

第17天

魔力支票

"在这个充满魔力的世界，没有巧合，也没有偶然，但凡发生的事一定是有人在心里盼望着它发生。"

威廉·S.巴勒斯（1914—1997）
作家和诗人

如果你能够将感恩的力量作用于消极局面，新的局面得以创造，消极的局面将被清除。换句话说，如果你能够对所拥有的金钱心怀感恩，而不是抱怨钱不够花，那么新的局面将因此被创造出来，取代了过去经济窘迫的局面，你会更加富裕。

你对金钱的任何消极想法都会阻碍更多的金钱进入你的生活，并且会减少你现在所拥有的金钱，你对金钱每抱怨一次，就会导致你现有的金钱削减一点。对金钱的任何诸如嫉妒、失望、焦虑或恐惧的情绪都会阻碍你获得更多的金钱。吸引力法则告诉我们物以类聚，因此如果你对现有的财政状况感到失望，就会招致更多金钱方面的令人沮丧的消息。如果你对金钱问题感到焦虑，就会遇到更多金钱方面让人头疼的局面。如果你对现有的财政状况感到恐惧，就会招致更多层出不穷的金钱方面令人担忧的状况。

不管有多么困难，你必须刻意忽略消极因素，以及目前你正在经历的财政危机，感恩能够让你做到这一点。你不能一边心怀感恩一边对自己的经济状况感到失望。你也不能一边心怀感恩一边对自己的经济状况焦虑万分。你更不能一边心怀感恩一边对现状充满恐惧。对所拥有的金钱充满感恩，不仅会让你杜绝一切阻碍金钱进入你生活的消极情绪和念头，还会将金钱源源不断地带到你的身边！

有关金钱的感恩练习之前大家都做过，因此，在使用感恩的力量召唤金钱之前，你需要了解金钱和财富进入你生活的各种方式和渠道，因为如果你对每次财富的增加都不知感恩，那么这将阻断更多的财富流向你。

　　许多原因能令你的财富倍增，比如一张意外的支票、加薪、中彩票、退税或是令人意想不到的某人所赠予你的财产。当然，你和其他人一起喝咖啡、吃午饭和晚餐时，对方主动埋单，或者你正要购买某件东西，恰好碰见这件商品打折、返券，或正好有人将它作为礼物送给你，这样也会让你的财富增加！因此，不论是哪种情况，问问自己：这种情况是否让我有了更多的钱？如果真是这样，你需要对这种情况下获得的金钱表达感恩！

　　你告诉朋友你想买某件东西，而朋友恰巧用不着这件东西于是就把它借给你或送给你；或者你准备外出旅行时，恰巧听说了这条线路打折的消息；或者你向银行贷款时，正赶上贷款利率下调；或者为你提供服务的公司刚好有优惠活动。这些情况都为你节省不少花销，实际上也就是增加了你的金钱。能够让你获得金钱的方式还有许多，你还能想到哪些方式和途径呢？

　　大家或许都曾遇到过上述状况，不论你当时是否意识到，这些状况的发生都是你吸引来的。当你心怀感恩地生活，你就无时无刻不在吸引这些神奇的状况发生！许多人称之为幸运，但事实并非如此；这是宇宙的自然法则。

不管是你获得意外的财富，还是你收到某些东西因而省去了一笔开销，这都是出于你的感恩。当你发现这个秘密后一定备感欣喜，心中的喜悦加上感恩的魔力，会让你具备更强大的吸引力，将越来越多的财富聚集在你的周围。

几年前我来到美国时，随身携带的只有两个箱子。当时的我在简陋的公寓里工作，唯一值钱的东西就是我赖以工作的电脑。我没有车，去任何地方只能靠步行。不过我依然对任何事都心存感激。我感谢自己正身处美国，我感谢我还能够找到工作，我感谢虽然家徒四壁但至少还有吃饭的家什：四个碟子、四把刀叉、四只汤匙。我感谢自己能够凭着双脚走到任何想去的地方，我感谢在需要的时候正好有辆出租车停在路口。接下来，不可思议的事情发生了——有个熟人决定借给我一辆车和一个司机几个月时间。要知道，此前除了那台电脑，我所拥有的东西只是能维持基本生存的必需品，而现在我竟然突然拥有了一辆车和一个私人司机！正是因为我的感恩，我被赐予了更多。这就是感恩的魔力！

今天要进行的帮你获得渴望的财富的练习，已经给许多人带来意想不到的神奇结果。在本次练习结束的时候，你会从感恩银行收到一张空白的魔力支票，你可以为自己签下这张魔力支票。写下你想要得到的金钱的数目，以及你的名字和今天的日期。你可以写下你真正想得到的某件东西的具体价值，因为当你明白这笔钱的具体用途时，你一定会对这笔钱更加感激。金钱是帮你实现愿望的手段，而不是最终目标，因此，如果你的注意力是集中在了金钱上，你或许就无法产生太多的感恩。当你想象自己获得了真正想要的东西，或是完成了一件真正想要完成的事，你因此产生的感恩情绪一定会比你对金钱的感恩要强烈得多。

你可以将书上所附的魔力支票照下来或是扫描下来。你也可以从网站上下载这样的空白魔力支票：

www.thesecret.tv/magiccheck

填写第一张魔力支票时，支票金额可以填得少一些，在你获得小额的财富之后，下一张支票可以适当增加数额。这样做的好处是当你真的获得了这笔财富时，你知道这是你做的练习带来的结果，这样你就能够完全相信感恩的魔力练习是有效果的，这样内心的感恩和喜悦会为你带来更多的财富。

等你将魔力支票中的各个细节填写完毕后，将支票握在手上，并思考获得这笔钱后用来购买什么特别的东西。在心中勾勒出这幅画面，想象自己用这笔钱买到了一件你心仪已久的东西，这一过程要尽可能地调动内心的感恩和激动情绪。

或许你想用这笔钱买一双新鞋、一台电脑，或一张新床，那么想象你真的在商场里头到了渴望的东西。如果你通常选择网上购物，那么就想象自己收到了快递，心中充满兴奋和感恩。你或许想用这笔钱出国旅行一番，或者将这笔钱作为孩子上大学的费用，那么就想象你购买了机票，或开设了一个大学基金的专用户头，体会心中的喜悦和感激，就好像你已经实现了自己的愿望一样！

在完成了上面的几个步骤之后，今天就将这张魔力支票随身携带，或是将它放在一个你能够经常看见的地方。今天你需要将这张支票拿在手中至少两次，想象你利用这笔钱做了自己想做的事，尽可能地激发内心的兴奋和感激，就像你真的做了这件事。有意愿的话，你可以在今天多次进行这样的想象。但和其他的魔力练习一样，今天的练习也不可过度。

今天结束的时候，你可以将这张魔力支票放在它原来的位置，或是摆放在一个你每天都能看见的显眼位置。你可以将它放在浴室的梳妆镜前，或是冰箱上，或是压在你的感恩石下面，或是放在你的车里或钱包里，或作为电脑桌面的背景。每当你看见这张魔力支票，就想象自己已经得到了这笔钱，为能够拥有渴望已久的东西或实现许久想做的事而心怀感激。

当你真正得到魔力支票所赋予你的财富时，或是通过其他途径得到本打算购买的东西时，你可以制作一张新的支票，在上面写上其他你真正想要的东西，然后继续有关魔力支票的练习。

魔力练习事项 17

魔力支票

1. 数算你的恩福：列出你生命中值得感恩的十项恩福，并写下每一项感恩的*理由*。重读一遍写下的感恩项。然后念三遍魔咒：*谢谢、谢谢、谢谢*，尽最大努力体会心中的感激之情。

2. 在魔力支票上填写你希望得到的金钱数额，以及你的姓名和今天的日期。

3. 双手握住这张魔力支票，想象你用这些钱购买了某件东西，体会自己在得到这件东西时的喜悦和感激。

4. 今天将这张魔力支票随身携带，或将它放在一个你经常能看见的地方。今天你需要将这张支票拿在手中至少**两次**，想象你利用这笔钱做了自己想做的事，体会梦想成真时的感激之情。

5. 今天结束的时候，将你的魔力支票放在你每天都能看见的地方。当你得到了支票上的金钱时，或是得到了你本打算购买的某件东西时，制作新的支票，并想象另一件你想要得到的东西，然后重复步骤 2–4。

6. 今晚入睡前，一只手握住你的感恩石，对一天内所发生的最
美好的事，说一声"*谢谢*"。

拍下或扫描这张支票，然后填上日期，你的姓名，以及你想要获得的金钱数额。

魔力

魔力支票

www.thesecret.tv

日期 ————

宇宙

签名：

宇宙的感恩银行

汇票通知一感恩

支付

收款人

宇宙的感恩银行

开票人：账户：无限制

⑆843 62442 ⑈843 732738 843

第18天
神奇的待办清单

"世界充满了神奇，等待我们不断进化的睿智头脑去发现。"

埃登·菲尔波茨（1862—1960）
小说家和诗人

真的，只要你能够时常想起感恩，它一定是你最好的朋友。它会一直伴你左右，随时准备去帮助你，没有什么是它做不到的，它也绝不会让你失望。你对它越依赖，它为你做的事就会越多，也会越大程度地改善你的生活。今天的魔力练习将向大家展示如何让你更加依赖感恩，这样它就会为你创造更多的奇迹。

每天我们都会遇到一些问题等待解决。当我们不知该如何处理时会感到十分为难，或许你的问题是没有时间做完所有需要做的事情，而你此时正在为一天只有二十四小时感到苦恼。或许你被工作压得喘不过气来，你渴望更多的自由时间，然而却总是感到分身乏术。或许此时的你正在家照看孩子，你感到心力交瘁，不知怎样做才能从这种苦役中脱离出来。或许你正在对一件坏掉的物品一筹莫展，不知该如何将它修理好。或许你丢了一样东西此时正费尽力气地到处寻找，却一无所获。或许你一直渴望着某样东西，比如你最心爱的宠物、一个得力的保姆、一位技术娴熟的理发师或是医术高明的牙科医生，然而不管你怎么努力，总是找不到称心满意的。或许此时别人有求于你，而你却为不知如何答复而感到左右为难。或许你现在正和别人争论不休，事情非但没有平息，反而有愈演愈烈的趋势。

神奇的待办事项清单练习能够帮助你处理这些日常琐事，尤其是当你茫然无措，或是期望某件事顺利完成的时候。你会对这次练习的效果惊叹不已！

感恩的魔力再加上吸引力法则的作用，一切人、事和局面必将按照你的意愿为你重新组合！你不会明白这种事情是怎么发生，又是怎么完成的，你不必为此费心。你的主要任务是尽可能地对想要完成的事表达感恩，就如同它们已经被完成一样。接下来你就可以静待魔力发生！

今天，你可以列一份待办事项清单，上面写上你想要完成或想为自己解决的事情，将这份清单命名为"神奇的待办清单"。

除了你所面对的一些难题，你可以将那些没有时间完成或者不想自己完成的事情通通写在这份清单上，从琐碎的日常小事到难以摆脱的生活困境。仔细想想生活中哪些问题以及哪些事情是你想要解决和完成的。

列好清单之后，从中选择三项作为今天着力解决的对象，分别对每一项进行冥想，想象这件事已经被你神奇地解决。想象所有的人、事和局面都在助你完成这件事，如今它已经完成！一切运作、一切处理、一切解决皆为你而来，而作为回报你需要表达真挚的感激。对每一项待办事项至少花上一分钟的时间，想象它已经完成，并为之深切地感恩。其他的待办事项可以在别的时间依照上面的方法进行练习，即便是在待办事项清单上添加愿望这样简单的小事也充满了魔力。

还记得吸引力法则曾说过"物以类聚"吗？这意味着如果你能够对那些待办的事情心怀感恩，就像它们已经完成了一样，你就会吸引所需要的一切助你达成愿景。过多地关注问题本身则会吸引更多的问题。你必须让自己变成吸引解决因素的磁石，而不是吸引问题的磁石。感恩获得了问题的解决方案，感恩事情得以顺利解决，解决因素才会被你吸引而至。

　　为了证明这个练习的神奇效果，我想同大家分享一个关于我女儿的故事，她正是利用了这个练习将丢失的钱包重新吸引到了自己身边。

　　头一天晚上女儿出去了一趟，第二天早上她发现自己的钱包不见了，她不知道自己到底是在哪里把它弄丢的，甚至都不清楚它是不是被偷走了。她打电话给昨晚吃饭的那家餐厅，以及她头天晚上回家乘坐的出租车所在的公司，还有当地的警察局，她寻遍了所经的街道，并沿途询问了许多住户。遗憾的是没有人见到她的钱包。

　　女儿的钱包里放着银行卡、信用卡、驾照、现金等贵重物品，更糟糕的是钱包里并没有她现在的联系信息，因为经常在国外，国内的电话已经停用，因此她只在钱包里附上了自己的姓氏，要找回的可能性看似十分渺茫。

　　尽管眼下困难重重，女儿还是选择坐下来，闭上眼睛，在脑海里描绘着她丢失钱包的样子。她想象自己此时正拿着钱包，她打开钱包，将里面的东西全都翻看一遍，为钱包能够重新找回以及东西一件不少表达了她的感谢。

　　在这一天接下来的时间里，不论什么时候想起钱包的事情，女儿就会在心里想象钱包已经找到，她为钱包的失而复得表达强烈的感激之情。

　　那一天晚些时候，女儿接到了一个住在一百英里外的农户的电话，他说自己捡到了她的钱包。这个故事听起来有些不可思议，农户这天早上在女儿的家门口捡到了那个钱包，他立刻打开它想要寻找失主的信息，他试着拨了几个电话，但都没有结果，于是他便放弃了，拿着这个钱包回到了他的农场。

　　农户在田地里走着，身上的钱包似乎一直在对他喋喋不休地说着什么，于是他决定最后再查找一遍，看能不能发现什么线索。这时他发现钱包里有一张字条，上面写着一个人的教名，于是他将这个名字和女儿的姓氏联系到一起，并给查询服务台打了个电话。这个姓名正好对应着一个登记电话，于是他拨通了那个电话，那正是我家的电话。直到现在我们都不知道这个农户是如何得到这个电话号码的，因为它从未做过登记！之后我们也给查询服务台打了几次电话，但每次对方的答复都是："很抱歉，这个名字没有登记过电话。"

　　两地相隔一百英里，中间又经历了那么多看起来几乎不可能的事情，女儿的钱包完好无损地回到了她的手中。钱包能够找回其实是女儿努力的结果，她不断地为钱包的回归进行感恩，就好像这个钱包一定会回到她身边一样。终于，感恩开始施展它的魔力，调动所有的人、事、物帮助钱包回到女儿的身边。

你也可以利用感恩的魔力，这种力量一直在你的身边——你只需去发现它，并学会如何利用它！

魔力练习事项 18

神奇的待办清单

1. 数算你的恩福：列出你生命中值得感恩的十项恩福，并写下每一项感恩的理由。重读一遍写下的感恩项。然后念三遍魔咒：*谢谢、谢谢、谢谢*，尽最大努力体会心中的感激之情。

2. 列出一份清单，在上面写下你认为需要完成或解决的最重要的事情，将这份清单命名为"*神奇的待办清单*"。

3. 从清单中选出你认为最重要的**三件**事，逐个对每件事进行冥想，想象这件事已经被你神奇地解决了。

4. 对每一项待办事项至少花上**一分钟**的时间，想象它已经完成，并为之深切地感恩。

5. 今晚入睡前，一只手握住你的感恩石，对一天内所发生的最美好的事，说一声"*谢谢*"。

第19天
魔力足迹

"我每天会提醒自己一百次，我的内在和外在生活都是仰赖他人——无论活着或已经去世——努力的成果。所以，我必须竭尽全力，希望能以同等的贡献回报我从过去到现在自他人身上所获得的一切。"

阿尔伯特·爱因斯坦 (1879—1955)
获诺贝尔奖的物理学家

爱因斯坦的这番话，和他在科学领域所取得的成就一样熠熠发光，他给予我们的是通往成功的一条秘诀：感恩——每一天！

爱因斯坦的话语引出了今天练习的内容，你将追寻着他的足迹将成功带入你的生命中。今天，你要像爱因斯坦一样，一百次表达你心中的感谢，今天的练习就是踏一百次魔力足迹。你或许不相信踩着这样的足迹会令你的生活发生改变，但不久你就会明白这是迄今为止最具魔力的一次尝试。

"上帝今天赐予你的是 86,400 秒的时间，你是否曾对其中的一秒说声'谢谢'？"

威廉·A. 沃德（1921—1994）
作家

进行魔力足迹练习，需要你在迈出每一步时表达感恩，当一只脚刚刚接触地面时，在心中默念魔咒：*谢谢*，然后在另一只脚接触到地面之时再次说声*谢谢*。迈出一只脚，*谢谢*，迈出另一只脚，*谢谢*，每走一步都要重复这句魔咒。

关于魔力足迹练习最好的一点在于，你可以迈任意数量的步子，在任何地点、任何时间进行练习：不论是在家里从一个屋子走到另一个屋子，还是去吃饭、喝咖啡、倒垃圾、开会、打车、赶火车或汽车。在前往任何比较重要场合的路上你都可以进行魔力足迹的练习，例如考试、约会、求职面试、试镜、会见客户、去银行或自动取款机取款、看牙医、理发、观看自己支持的球队打比赛、穿过长廊、经过机场安检、在公园散步，或在街上行走的过程中。

我在家也经常进行魔力足迹的练习，比如下床走到浴室，或者从厨房走向卧室，或者出门走到车旁或邮箱旁的这段过程。在我想要去逛街或是去往某地之前，我都会选择一点作为目的地，然后一路上将我的感恩倾注在每一次踏出的足迹之中。

　　开始练习之前如果留意观察自己的心情，你就会发现进行完这项练习之后心情将会产生多么大的变化。迈出每一步时是否都饱含感恩之情并不重要，但我保证你练习完后心情一定会比之前更加轻松。如果此时你的心情很低落，魔力练习刚好能够让你心情变得愉悦；即使现在你心情很好，这个练习也能让你的情绪变得更加昂扬！

　　为了让该练习的效果达到最佳，每次进行练习的时间控制为九十秒，这差不多是一个人以正常速度走上一百步所花费的时间。这个练习并不是刻意要求你一定要走上一百步，但数量也不要有太大的偏差，因为改变心情所花费的时间要求你大致迈出这么多的步子。等你确定了这段距离大概有多远时，你就可以在任何时候进行这样的百步感恩练习。记住在进行练习时不要刻意地数步子，因为这样你就只会记着数数而忘记每走一步都要说声*谢谢*。

　　当你完成今天的魔力练习，就表明你已经将那句魔咒"*谢谢*"默念了一百次。过去你人生有多少时日曾说过一百次的"*谢谢*"呢？

　　而爱因斯坦每天都会这样做！

魔力练习事项 19

魔力足迹

1. 数算你的恩福：列出你生命中值得感恩的十项恩福，并写下每一项感恩的*理由*。重读一遍写下的感恩项。然后念三遍魔咒：*谢谢、谢谢、谢谢*，尽最大努力体会心中的感激之情。

2. 在今天的任何时间，怀着感恩的心情走上一百步（大概用时九十秒）。

3. 每迈出一步，体会心中的感激并说出那句魔咒：*谢谢*。

4. 今晚入睡前，一只手握住你的感恩石，对一天内所发生的最美好的事，说一声"*谢谢*"。

第20天
心灵魔力

"感恩是心灵的回忆。"

让－巴蒂斯特・马修（1743—1818）
法国革命活动家

如今，你可能已经揣摩出魔力练习的一个原则，那就是在心中尽可能多地体会这种感恩的情绪。这是因为你内在的感恩之情越强烈，外部世界中值得你感恩的事物就会增加。

经过这么长时间的练习，相信你已经能够做到自然地调动内心的感恩情绪。不过，今天的练习将会颠覆过去循序渐进的练习方法。

今天的心灵魔力练习会大幅度地增强你的感恩情绪，在你说出*谢谢*或感受这句话魔力的同时，将意念集中于你的心灵。科学研究表明，处于感恩情绪中时，将意念集中于心灵，心跳会立刻变得平和、稳定，这样有助于改善身体的免疫系统，让你变得更加健康。这个研究也让你明了心灵魔力的神奇力量。第一次尝试需要耗费一些功夫，但这是值得的。经过几次练习你就会得心应手，每练习一次你就会感到内心的感恩情绪正以惊人的速度倍增。

进行心灵魔力练习时，集中精神，将注意力投向心脏附近的区域。你无须在意自己的注意力是停留在身体表面抑或是内部。闭上双眼，这样能让练习变得简单，同时意念集中于心，在内心默念魔咒：*谢谢*。练习几次之后，你可以不用再闭上眼睛，但一般说来，闭上眼睛会让你心中的感恩情绪更加强烈。

想要更快地进入心灵魔力练习状态，请注意以下几个窍门：你可以将右手放在心脏部位，使得你的注意力集中于此，同时念出魔咒：*谢谢*。或者你也可以想象在默念*谢谢*时，这句话慢慢地从心中释放而非从脑海涌现出来。

今天的感恩练习需要你写下十个心愿，然后逐一进行心灵魔力练习。在心中大声读出你的一个心愿，在这个心愿将要读完的时候，闭上双眼，将意念集中并保持在心脏附近区域，再次缓缓地说出魔咒：*谢谢*。如果有需要，你也可以利用之前我教的小窍门进行这个练习。针对每个心愿完成练习之后，你能够更深刻地体会到感恩的情绪，除此之外，你对自己心中最想完成的心愿也将充满感恩。

想要更快地实现自己的心愿，你可以定期进行心灵魔力练习，你也可以在每次说*谢谢*时进行这样的练习。每天只需几次心灵魔力练习就能有效地提升你的幸福感，并让你的生活充满魔力色彩。

进行过几次这样的练习之后，你会明显察觉感恩的情绪在心中变得更加强烈、更加深刻，而感恩的情绪越强，你所获得的回报就会越大。这种情绪加强最初的一个信号就是你会感觉心脏周围有些许刺痛，或者感觉一股愉悦的电流传遍全身。你的眼里或许会不自觉地溢满泪水，或者身上突然泛起一片鸡皮疙瘩。不管表现如何，你的内心毫无疑问将获得前所未有的安详和幸福！

魔力练习事项 20

心灵魔力

1. 数算你的恩福：列出你生命中值得感恩的十项恩福，并写下每一项感恩的*理由*。重读一遍写下的感恩项。然后念三遍魔咒：*谢谢*、*谢谢*、*谢谢*，尽最大努力体会心中的感激之情。

2. 集中精神，将注意力投向心脏附近的区域。

3. 闭上双眼，将注意力保持在心脏区域，在大脑中默念魔咒：*谢谢*。

4. 列出自己最渴望的十个心愿，逐一读出每个心愿，同时进行这个练习：闭上双眼，意念集中于心脏附近，再次缓缓地说声*谢谢*。

5. 今晚入睡前，一只手握住你的感恩石，对一天内所发生的最美好的事，说一声"*谢谢*"。

第21天
圆满的结局

> "你会在饭前进行祷告，这是当然。但我会在音乐会和歌
> 剧开演之前表达感恩，在戏剧和舞台剧表演之前表达感
> 恩，在打开一本书前感恩，在开始素描或水彩画之前感
> 恩，在游泳、击剑、拳击、走路、游戏、跳舞之前感恩，
> 在我将钢笔蘸满墨水之前感恩。"
>
> *G.K. 切斯特顿*（1874—1936）
> 作家

无论做什么事情我们都期望一个圆满的结果。吉尔伯特·基斯·切斯特顿在进行某项活动之前总是会表达感谢，这位作家这么做是希望借助感恩的魔力保证预期结果的实现。

你一定也曾这样在心中暗暗祷告："希望能一切顺利"或者"希望结果能够圆满"，或者"我需要再多点运气"。所有这些想法无非都是*期盼着某件事能够有一个圆满的结局*，但是生活不能只依靠偶然或是运气。宇宙的自然法则表明，结果总是

朝向概率最高的方向发展，这一点你应该坚信。

飞行员在执行飞行任务时不必总盼望着物理法则发挥作用，因为他知道物理法则一直都存在。你也不必总盼望万有引力法则发挥作用，才不至于会让人飘到外太空，因为你知道没有这样的可能性，万有引力永远不会消失。

如果想要任何事都取得圆满的结果，你就必须利用控制结果发展的法则——吸引力法则，这意味着你必须利用自己的思想和感情去吸引积极、正面的结果，对圆满的结果表达感恩是最行之有效的方式。

圆满结果练习就是在你希望能够圆满完成某件事之前表达感恩。想要工作会议、求职面试、考试顺利进行，渴望获得期望的比赛结果，或是打电话、见朋友、拜见丈母娘的过程尽可能顺利，你就必须对期望中的结果表达感恩。参加健身课或是带宠物看病这样的琐碎小事想要取得预想的结果，你也需要表达感恩。那些到你家中解决问题的电工、水管工以及其他工人，想让他们顺利地帮你解决麻烦，那么也请对你期待的结果表达感恩。想要让这次全家远足更加难忘，或是对孩子们的谈话教育更富有成效，或是与同伴进行触及心灵的交流，你也需要对预期的结果表示感恩。除此之外，你也要对那些心怡的商品，比如生日礼物、订婚戒指或者结婚礼服表达感恩，这样你才能够得偿所愿。选购新手机，换新地毯、窗帘或是选择装修公司时，也要注意对你期望的结果表达感激。想要成功预订酒店，或是为某场演唱会选个好位子，或者期望从邮件或电子邮件中获得好消息，或是获得退税的机会，不妨对你心中期待的结果表达感恩。

想要让自己更加确信感恩的力量能够为你带来不可思议的圆满结果，你可以在空中挥动手指并想象你将魔法粉末撒在了那些你渴望有圆满结局的事情上。

如果今天有什么意料之外的事情发生，你也可以利用感恩的力量进行圆满结局的练习。当一些意料之外的事情发生后，我们通常的第一反应就是对可能出现的结果惊慌不已，然后迅速得出结论，觉得一定是哪里出了问题。比方说，你刚上班就被告知老板想即刻见你。这时你要做的不是随意揣测或是产生消极的想法，因为根据吸引力法则，这种想法很可能变成现实。因此，你所要做的不是随意揣测和消极应对，而是对一个你期待的结果表达感激，这样才能让魔力降临在你身上。

如果你不幸错过了上班的汽车或火车，或是误了飞机，或是中间有些耽搁，请不要产生这样的念头："这太糟糕了。"相反，你应该对自己期待的满意结果表达感激，只有这样你才能够召唤魔力，以期收获一个圆满的结局。

身为父母的你如果突然被学校叫去开会，那么请不要去猜测自己的孩子是否有什么问题，你所要做的就是对你渴望出现的结果表达感恩。如果你接到一个意想不到的电话或邮件，或是脑海里突然闪现出"好像有什么不好的事情要发生"这样的念头时，请在拿起电话或是打开信件之前，对你期待的结果即刻表达感恩。

许多时候，你会见到或是经历你期望中的美好结局，这些事情总是很偶然，你甚至不知道为何这样的好事会降临在自己身上。但是如果你在心中期待着某种结果发生，并对这个结果诚心地表达感恩，你就是有意识地运用了吸引力法则，而你也必然会在某个地点、某个时间获得令你满意的结果。毋庸置疑！

当你渴望某件事能够有转机时，或是感觉生活难以驾驭，或是当你发现*期望*的某些事情运作良好时，心中一定要谨记吸引力法则——你内心的想法和感受会变为现实。感恩能帮助你远离你竭力想要避免的——糟糕结局——并使你获得心中期望的——圆满结局。

当你对圆满的结局表达感恩时，你就是在运用宇宙的自然法则，将你的渴望和偶然变为现实和必然。当感恩成为你的生活方式，你做任何事都会很自然地心怀感恩，*知道感恩的魔力*

将带来不可思议的结果。

尽可能多地进行圆满结果练习，并将其作为一种日常习惯，这样，更多的美好结局就会被引入你的生活。慢慢地，你就会发现那些不被盼望的结局发生的概率越来越小，你也能避免做一些不合时宜的事情。一天之中，不管发生了什么事，你都在心中十分确定它的结局一定会是圆满的。

在今天清晨，选择你期待有圆满结局的三件事。你可以选择目前对你来说比较重要的三件事，比如即将来临的求职面试、贷款的申请、考试以及和医生的预约。你也可以选择三件琐碎的小事，因为当奇迹降临在这些普通的小事上时，你会更加确定感恩的神奇魔力！比方说，你可以选择开车上班、熨烫衣服、去银行或邮局、接送孩子、支付账单或是取信这样的日常杂事。

挑选你期望产生圆满结局的三件事，把它们写在一张纸上。利用感恩的魔力，在写每一件事的时候，想象这件事发生之后的结果。

感谢_____的圆满结局！

　　该魔力练习的第二步，就是选择今天所发生的三件意想不到的事情，然后利用感恩的力量召唤圆满结果的出现。你可以选择在接三通电话或是在打开三封邮件之前进行这样的练习，你也可以在接到突然的任务，或是在一些意外情况出现之后进行这样的练习。这一步的练习重点不在于选择哪件事，而在于面对这些突发情况时如何利用感恩获得圆满的结果。当这些突然状况出现时，如果条件允许，你可以先闭上双眼，在心中念出并感受这句魔咒的力量：

　　感谢＿＿＿＿＿＿的圆满结局！

　　这个练习你可以尽可能多地练习，练习得越频繁，你所获得的圆满结果自然会越多。今天的练习只是让你了解感恩的力量在改变结局方面的成效，今后如果你*期望*某件事能够有一个好的结局或是渴望更多的运气，你可以*立刻*驭使感恩的神奇力量，让圆满的结果降临你的生活！

魔力练习事项 21

圆满的结局

1. 数算你的恩福：列出你生命中值得感恩的十项恩福，并写下每一项感恩的*理由*。重读一遍写下的感恩项。然后念三遍魔咒：*谢谢、谢谢、谢谢*，尽最大努力体会心中的感激之情。

2. 在今天清晨，选择**三件**对你至关重要、你想让它们有圆满结果的事情或状况。

3. 将这三件事写在纸上，在写每件事的时候想象它已经变为现实：*感谢_____的圆满结局！*

4. 在今天一天当中选择**三件**所发生的意想不到的事情，然后利用感恩的力量召唤圆满结果的出现。每一次，闭上双眼，在心中默念并感受：*感谢_____的圆满结局！*

5. 今晚入睡前，一只手握住你的感恩石，对一天内所发生的最美好的事，说一声"谢谢"。

第22天
在你的眼前实现

> "这个世界，即便被这样或那样的科学定律所统治，却依然是个奇迹。我们的生活依然充满了神奇和不可思议，这一切超出了我们任何人的想象。"

托马斯·卡莱尔 (1795—1881)
作家和历史学家

几年前，当我发现了感恩的秘密和它的神奇力量，我就将我所有的心愿列了出来，这是一份很长的清单！那时候看来，我的所有愿望都是不可能实现的。然而，我挑出其中自己最渴望实现的十个心愿，然后将它们单独列在一张纸上并随身携带。只要一有机会，我就会掏出这张纸，将上面的十个心愿从头到尾阅读一遍，读每个心愿时，我的心中满怀感恩之情，就好像我的心愿已经实现。此外，我确定了那个最想要实现的愿望，并在每次想起它时默念魔咒：*谢谢*，这样的事情一天可以重复数次，就好像这个心愿已经达成。这份清单上的所有愿望在我双眼的见证下逐一实现。每个愿望实现后，我就会把它从清单上画去，一旦有了新的愿望我会立刻把它加在这份清单上。

在我最初列出的心愿中，有一项是去塔希提附近的波拉岛。我在那里度过了美好的一周之后，另一件美好的事情随之发生了。返回时飞机经停塔希提群岛等待新的乘客登机。原本空荡荡的机舱里一会儿就坐满了许多塔希提当地人，他们一个个满脸喜悦，笑声阵阵，让我立刻有了一种被幸福包围的感觉。

我很享受与这群可爱的人一同短途旅行，他们为什么会这么高兴，对这个问题我忽然有了答案。因为他们心怀感恩！他们感谢活在这个世界上，感谢他们正在搭乘飞机，感谢他们彼此能够在一起，感谢他们要去往的地方——感谢所有的一切！和他们在一起也让我感到非常快乐，我不禁有种冲动想要继续和他们一起旅行。这时候我蓦然发现自己原来刚刚实现了最后一个愿望，在我最初写下的一长串愿望当中波拉岛是最后一个，我为何会在这班飞机上，答案已经在我眼前呈现——感恩！

之所以和大家分享这个故事是为了提醒大家，不论你的愿望看似多么不切实际，你都可以通过感恩获得。不但如此，感恩还会为你的生活带来前所未有的欢乐和幸福，这些都弥足可贵。

从我开始有意识地利用感恩的力量以及吸引力法则，一直到我实现那份清单上的最后一个心愿，前后历时四年。时间的跨度让我切实地感受到所获得的一切的分量。当我写下那张心愿清单时，我的公司负债二百万美元，两个月之后我的公司倒闭，房产以及所有财产全部被冻结。我的个人银行卡上只有少量存款，但我在心愿清单上却写下想拥有一幢面朝大海的别墅、去国外旅行、还清所有债务、扩大公司规模、和家人可以相处得融洽、身体百分百健康，以及其他一些物质方面的渴望。而我最想实现的愿望在当时周围的人看来是那么虚无缥缈，那就是致力于为千千万万的人带去欢乐。

而我所实现的第一个愿望就是通过工作为人们带去欢乐。其他的愿望随后也奇迹般地得以一一实现，它们一个一个地在我眼前呈现，之后又被我从愿望清单中画去。

现在，也轮到你使用感恩的魔力，让你的愿望在你眼前一个一个地呈现了。第一天，你需要写下十件最想要完成的心愿，从头到尾读一遍，然后花一分钟的时间想象你已经实现了它们。尽可能地体会心中的感激，就如同它们已经变为现实。

今天将这份心愿清单随身装在衣服口袋里。一天之内至少要拿出这张纸两次，并将你的愿望从头到尾读一遍，每次都要仔细地感受内心的感恩情绪，就好像你已经实现了这些心愿。

如果想让愿望更快地变为现实，我建议大家从今天起将这份愿望清单放在你的钱包或皮夹里，只要一有时间，就打开它，从头到尾读一遍，对每个心愿充满感恩。当这个愿望真的呈现在你的面前时，你就可以将它从清单中画去，然后增添新的愿望。在画掉已经实现的心愿的这一刻，你和我一样会情不自禁流下喜乐的泪水，因为看似无法实现的愿望在感恩的魔力作用下真的变为了现实。

魔力练习事项 22

在你的眼前实现

1. 数算你的恩福：列出你生命中值得感恩的十项恩福，并写下每一项感恩的*理由*。重读一遍写下的感恩项。然后念三遍魔咒：*谢谢、谢谢、谢谢*，尽最大努力体会心中的感激之情。

2. 在今天开始的时候，写下十件最想要完成的心愿。

3. 将写在纸上的心愿从头到尾读上一遍，每读完一条愿望，花上一分钟时间想象自己已经实现了这个愿望，体会此时此刻心中的感恩之情。

4. 今天将这张愿望清单随身装在衣服口袋里。一天之内要拿出这张纸至少**两次**，并将你的愿望从头到尾读一遍，仔细体会内心的感恩情绪。

5. 今晚入睡前，一只手握住你的感恩石，对一天内所发生的最美好的事，说一声"*谢谢*"。

第23天
你所呼吸
的魔力空气

"我在清晨迎着清新的空气出门，归来时感觉焕然一新——散发着迷人的气息。"

玛丽·埃伦·蔡斯（1887—1973）
教育家和作家

几年前如果有人告诉我应该对我们呼吸的空气充满感恩，我一定认为他是个疯子。这话听起来不可理喻，在地球上的我们为什么要感激呼吸的空气？

然而感恩为我这些年的生活带来了不小的改变，那些曾经我认为是理所当然的或者从未花时间关注的事物现在在我看来却充满了奇迹。不论是在日常琐事间奔走忙碌，还是凝神思索宇宙大化的奥秘，我的心中都充满了深深的感激。

伟大的科学家牛顿曾经说过："当我看着太阳系时，我发现地球和太阳之间保持着适当的距离，以接收适量的热和光。这绝非偶然。"

这句话让我对宏观世界有了越来越多的思索。地球周围有大气层的环绕这绝非偶然，大气之外的空间没有氧气存在绝非偶然；植物不断地释放出我们赖以生存的氧气绝非偶然；太阳系所处位置如此适中绝非偶然，它若偏离此处就会使人类被银河系的宇宙射线所毁灭；地球上多个条件均满足了生命存在的要求，而地球上所有的生物都命悬一线，因为这些条件当中任何一个发生改变，地球的环境都将不再适合生命体存活。很难想象所有这些条件都得以完美地设计、完美地安排、完美地平衡，只为我们！

现在你应该意识到这一切都绝非偶然，地球上以及周围的一切元素和谐一致地支持着我们，此时此刻你会对生命产生深深的感激，因为所有的一切都是为了让你活下去！

我们呼吸的魔力空气并非偶然，也绝不仅仅作为自然中的一个元素而存在。当你意识到空气在我们生活中的重要性时，下一秒的呼吸就会变成虔诚的顶礼膜拜！

　　我们每一秒都在呼吸，却从未关注过吸入体内的空气。氧是我们体内含量最多的一种元素，我们吸入的氧气充盈到身体的各个细胞，维持着生命体的正常运转。生命中最珍贵的馈赠就是氧气，离开了它，我们几分钟之内就会失去生命。

　　最初驭使感恩的神奇力量时，我将它运用在满足私人需求上。它很有效力。而当我学着对生命的馈赠表达感恩时，才真正体会到感恩所带来的强大魔力。对于日落、植物、大海、草尖上的露珠、我的生活及生命中出现的人等所表达的感恩情绪越强烈，我在物质方面的心愿就会越快实现。现在我明白了为什么会出现这样的奇迹。当我们对生命和自然的馈赠表达深深的感激时，比如对呼吸的空气表达感谢，此时我们全身心地沉浸在感恩当中。而所有心怀感恩之人，必将获得富足。

　　今天，停下来关注一下你所呼吸的空气。有意识地呼吸五次，感受空气在体内流动，然后充满愉悦地呼出来。今天一天你需要进行五次深呼吸，在每一次结束时，说出这句魔咒：

"谢谢我所呼吸的魔力空气"，真诚地表达你对维持生命的宝贵空气的感激之情。

　　你最好在户外进行这样的练习，新鲜的空气会让你的心情更加舒畅，如果条件不允许，你也可以在室内进行练习。深呼吸时闭上双眼，当然也可以睁着眼。行走中、排队等候中、购物时，你可以随时随地进行这项练习。你需要格外留意空气吸入和呼出时的感受。和平常一样自然呼吸，因为该练习的关键不在呼吸，而是你对所呼吸的空气的态度。如果深呼吸能够让你的感恩情绪更加强烈，那么你可以这样做。只要有助于激发心中的感激，你也可以在呼出气体之后大声说出或是在心中默念魔咒：*谢谢*。喜欢的话，将来你也可以对这一练习稍加改变，想象你将感恩吸入体内，随着每次的呼吸让感恩充满身体的每个细胞。

　　古语云，如果一个人对他所呼吸的空气都心存感恩，那么感恩会激发他内心的力量，他会变成一个真正的炼金术士，可以不费吹灰之力地将任何东西都变成金子！

魔力练习事项 23

你所呼吸的魔力空气

1. 数算你的恩福：列出你生命中值得感恩的十项恩福，并写下每一项感恩的*理由*。重读一遍写下的感恩项。然后念三遍魔咒：*谢谢、谢谢、谢谢*，尽最大努力体会心中的感激之情。

2. 停下来关注你所呼吸的空气，一天重复**五次**。有意识地进行**五次**呼吸，感受空气在体内流动，然后愉悦地呼出来。

3. 五次深呼吸之后，接着说：*感谢我所呼吸的魔力空气*。真诚地表达你对维持生命的宝贵空气的感激之情。

4. 今晚入睡前，一只手握住你的感恩石，对一天内所发生的最美好的事，说一声"*谢谢*"。

第24天
魔杖

你是否曾幻想拥有一根魔杖，只需挥动一下魔杖就能帮助你爱的人实现愿望？那么，今天的魔力练习就是向大家展示如何利用生活中真实的魔杖帮助周围的人。

在你迫切地想要帮助他人的时候，内心会蕴藏着巨大的力量，如果你能够用感恩引导这种力量，你就拥有了一根帮助他人的魔杖。

能量会按照你的关注流动，因此当你将感恩的能量引向另一个人的需要时，能量就会转移到这个人的身上。这就是为什么耶稣在彰显神力之前，总会先行祝谢。感恩是一种无形但真实存在的能量，再加上愿望的力量辅助，你就像拥有了一根魔杖。

"那些渴望着魔杖的人没有看到自己就是一根神奇的魔杖。"

托马斯·莱昂纳多（1955—2003）
个人发展培训师

如果你的家人、朋友或是其他人此时因身体状况不佳、经济窘迫、工作不顺利或感情受挫，而导致自己自信心备受打击、精神压力较大、情绪低落，你就可以用感恩的力量帮助他们改善健康、增加财富或提升幸福感。

想要借助这根魔杖帮助他人改善健康，你就要想象这个人的身体已经完全康复，并说出那句魔咒：*谢谢*，真心地为他能够重获健康而心怀感激。你可以想象这个人打电话告诉你他康复的消息，或是他当面告诉你，希望看见你欣喜的表情。当你得到这个消息时你一定会心怀感激，这样才能确保你的感恩情绪最真实且最有力量。

挥动手中的魔杖帮助你爱的人改善财政状况，你可以重复上面的魔力练习，在听到他们获得所需的财富时你心中一定会充满感激。想象这件事已经成为事实，为了这个你刚接收到的好消息，在心中说出那句魔咒：*谢谢*。

如果你认识的某个人最近遇到了麻烦，而你并不知道他具体需要什么，或是他所需要的不单单是某一个方面，你也可以进行上面的练习，挥动手中的魔杖，为他能够获得幸福、健康或是财富表达感谢。

今天，选出三个你关心的人，这些人目前在健康、财富或是幸福感方面出现了问题，或是以上三方面都存在问题。如果有的话，准备好这三个人的照片，并将照片摆在面前进行这个练习。

首先将第一个人的照片拿在手中，闭上双眼想象你刚刚从这个人那里获得消息，他已经获得了所需要的东西。这样的想象比你单纯想象这个人重新获得了健康、财富或是重新快乐起来容易得多。全身心地投入想象当中，你会因此感到更加激动，内心充满更多的感恩。

睁开双眼，继续将照片拿在你手中，缓缓地说三遍*谢谢*，为了照片中那个人的健康、财富或是幸福感，以及所有他所需要的东西：

谢谢，谢谢，谢谢，为了
　某人的 健康、财富，或幸福。

为一个人祈祷完毕之后，继续下一个人，依照上面两个步骤，直到魔杖练习完结，你将健康、财富和幸福感都传递给这三个人。

　　在大街上走路时、开始一天的工作之前，或是与某个郁郁寡欢的人擦肩而过时，你都可以进行这个魔力非凡的练习。想象自己拥有一根魔杖，在脑海中挥舞这根魔杖，送出你真挚的感谢以换来这个人的健康、财富和幸福，你需要在心中坚信感恩的强大能量已经注入你的行为当中。

　　利用感恩的魔力帮助他人改善健康、增加财富以及提升幸福感，这是你对感恩力量最伟大的利用，当你虔诚地为他人能够获得健康、财富和幸福充满感激之情时，你也为自己带来了这些恩福，这是这项练习的最神奇之处。

魔力练习事项 24

魔杖

1. 数算你的恩福：列出你生命中值得感恩的十项恩福，并写下每一项感恩的*理由*。重读一遍写下的感恩项。然后念三遍魔咒：*谢谢、谢谢、谢谢*，尽最大努力体会心中的感激之情。

2. 选择**三个**你关心的人，你希望帮助他们改善健康、增加财富、提升幸福感，或者同时让这三方面都得到改善。

3. 准备好这三个人的照片，并将照片摆在面前进行这个练习。

4. 一次拿出一个人的照片握在手上，闭上双眼，花一分钟时间想象这个人的健康、财富或幸福感方面得到了全面的改善，而你刚刚获得了这个消息。

5. 睁开双眼，继续拿着这张照片，缓缓地说出那句魔咒："*谢谢，谢谢，谢谢，为了 某人的 健康、财富，或幸福。*"

6. 完成给一个人的祈祷之后，继续下一个人，按照上述两个步骤直至三个人的祈祷全部完成。

7. 今晚入睡前，一只手握住你的感恩石，对一天内所发生的最美好的事，说一声"*谢谢*"。

第 *25* 天
魔力线索

"生活充满了乐趣……我们需要以轻松的心态重新发现围绕着我们的魔力。"

芙罗拉·科劳（生于 1954 年）
作家和理疗师

今天的练习——找寻魔力的线索，是我最喜欢的练习之一，因为这就像是你和宇宙玩的一场游戏，当中有无限的乐趣。

想象宇宙充满了友好和慈爱，它希望你能够得到所有你渴望的东西。当然，宇宙不可能走到你身边将你所渴望的东西交到你的手上，然而它会借助吸引力法则给予你有助于实现愿望的暗示和线索。宇宙清楚地知道，你要想实现自己的愿望，就必须心存感恩，因此在这场游戏中它会给你线索，提醒你心怀感恩。宇宙会将你身边的人、事、状况作为提醒你感恩的魔力线索。它就像下面这般运作：

假如你听到了救护车的警报声，宇宙给予你的魔力线索是要对现在的健康状况表达感恩。看到警车时，魔力线索是在告诉你对当前的安全处境表达感恩。看见某个人正在读报纸时，魔力线索想要告诉你要对好消息表达感恩。

假如你打算减肥，恰巧看见一个拥有你心目中完美身材的人经过，这是宇宙为你提供的魔力线索，告诉你应该对你理想中的完美身材表达感激。在你渴望一个梦想的伴侣时，恰好看见一对夫妻在大秀恩爱，魔力线索想告诉你要对完美的伴侣表达感恩。在你渴望一个家庭的时候，正好看见了别人家的孩子，一定要注意这个魔力线索，它想告诉你要对孩子表达感恩。在你经过银行或是自动取款机时，此时的魔力线索是要你对目前所拥有的金钱表达感恩。当你到达家中，魔力线索想要告诉你应该对你的家表达感恩。有邻居来你家做客，或是在街道上你和他们打招呼，魔力线索在暗示你对周围的邻居表达感恩。

假如你今天碰巧看见了自己一直以来都渴望的东西，比如理想中的房子、汽车、摩托车、鞋子、电脑，这当然是宇宙给予你的魔力线索，你应该立刻对你心中的愿望表达感恩！

在开始新的一天时，有人对你说"早上好"，此时你就收到了一个魔力线索，你需要感谢拥有这么一个美好的清晨。一个看起来心情不错的人从你身边经过，此时的魔力线索提示你要记得对幸福感恩。如果你在某个时间、某个地点无意中听到有人说了声*谢谢*，你的魔力线索在暗示你应该说声*谢谢*了。

生活总是会用各种新奇的方式提醒你对日常的活动心怀感恩，你不会误解这个魔力线索的真实意思，因为不管你怎么理解都是正确的！宇宙利用吸引力法则给你奇妙的提示，确保你能够始终将正确的线索吸引到身边，这个线索恰好能够帮助你在此时此刻激发内心的感恩。

找寻魔力的线索已经成为我每天都会进行的一项娱乐活动，通过练习，我现在可以轻松自如地发现宇宙传递给我的魔力线索，我要对它们说声感谢。下一次将会获得怎样的魔力线索以召唤感恩的魔力呢？这样的期待让我乐此不疲！

当我接到朋友或家人的电话时，我知道是魔力线索在暗示我应该对他或她表达感激。在听到有人说"今天天气真不错"这样的话时，魔力线索告诉我要对今天乃至今后的风和日丽表达感激。家里的电器突然坏掉了，这是在提示我要对那些正常工作的电器表达感激。花园里有的植物长势不好，我就需要对那些茂盛的花草表达感激。收到了一封邮件，这是在提示我对邮差的服务表达感激。在听到有人说要去自动取款机取钱，或是看到自动取款机前排起的长队时，我就应该对所拥有的金钱表达感激。有相识的人生病了，这是提醒我应该对他们以及自己的健康表达感激。清晨拉开窗帘迎接初升的太阳，这是暗示我应该对即将开始的美好的一天表达感激。晚上拉上窗帘的时候，魔力线索提醒我应该对这充实的一天表达感激。

　　今天你需要试着找寻七个魔力线索，你需要格外细心，仔细留意一天当中收到的暗示，并一一对这些线索表示感谢。比如，看见某个身材匀称的人经过，你就应该说："*感谢上天赐予我美好的身材！*"感恩的情绪自然越真挚越好，你还可以加上一些其他的内容，如果愿意，你甚至可以试着对一天之中所收到的魔力线索进行回应。假如过去的二十四天，你一直坚持进行魔力练习没有间断，那么现在的你应该比较机敏，不会错过这些魔力线索。进行感恩的魔力练习，其中一个好处就是让你觉醒，头脑越发清醒。随着你变得越来越机敏和清醒，你内心的感恩情绪就会越发强烈，那么你就能更容易把梦想转化为现实。因此，宇宙——蕴藏着魔力的线索！

魔力练习事项 25

魔力线索

1. 数算你的恩福：列出你生命中值得感恩的十项恩福，并写下每一项感恩的*理由*。重读一遍写下的感恩项。然后念三遍魔咒：*谢谢、谢谢、谢谢*，尽最大努力体会心中的感激之情。

2. 今天，你需要对周围的环境格外细心，并找出至少**七个**感恩线索。比如，看见某个身材匀称的人经过，你就应该说："*感谢上天赐予我美好的身材！*"

3. 今晚入睡前，一只手握住你的感恩石，对一天内所发生的最美好的事，说一声"*谢谢*"。

第26天
由祸至福
的魔力转变

"将创伤变为智慧。"

奥普拉·温弗瑞（生于 1954 年）
媒体人和商人

每一次失误都是乔装打扮的恩福。今天的魔力练习将向你证实这一点，通过这个练习你会发现每个错误的背后都深藏未被揭示的恩福！

孩子在开始学习脚踏车和练习写字的过程中，会犯许多错误，对此我们并不在意，因为大家都明白，通过这些错误，他们将学会并最终掌握这项技能。那么，成年人为什么会对自己的错误不能容忍呢？在孩子身上适用的道理同样适用于你，我们都会犯错误，不犯错就永远学不会任何东西，我们也就不可能变得更聪明或更有智慧。

　　我们有选择的自由，这就意味着我们也有犯错的自由。犯错会令我们受伤，但如果我们没有从错误中汲取经验，那么我们曾受的伤就毫无意义。事实上，依据吸引力法则，我们总会反复地犯同样的错误，直到后果严重到我们不得不因此醒悟！所以，错误总是会带来伤害，而只有觉得疼我们才会学着不再犯错。

　　从错误中吸取教训，我们首先要做的就是犯错，这也是许多人的症结所在，因为他们总会将*他们的*错误归咎于别人。

　　大家可以想象这样一幕，警察将正在超速行驶的我们拦了下来并开具了一张罚单。此时我们非但没有承担超速的责任，反而埋怨警察躲在路旁的隔离带后，导致我们没看见他们，他们手中有测速仪，因此我们无法侥幸逃脱。然而错终归在我们，因为我们选择了超速行驶。

　　将我们的过错归咎于他人，我们依然要为自己的过错埋单，依然要承受过错带给我们的痛苦，可我们仍无法从错误中获得任何回报，毋庸置疑！我们下次一定会犯相同的错误。

　　作为凡人，难免会犯错，这也是生而为人最奇妙的一件事。但你必须从错误中学习，否则你将会承受许多不必要的痛苦。

你该如何从错误中学习？感恩！

不论这个错误看起来多么糟糕，里边一定会有许多值得你感激的地方。当你努力从错误中找寻尽可能多的值得感激的东西时，你便将错误不可思议地转化为恩福。错误会招致更多的错误，而恩福将吸引更多的恩福——哪一种是你所希望的？

今天，回想一个你人生中曾经犯过的错误，这个错误无所谓大小，但一定要是每每想起就会令你感到心痛的。这个错误或许是你对一个亲密的人发了火导致你们的关系再也无法回到从前，或许是盲目地相信了别人导致自己上当受骗。或许你为了保护某人而撒了个善意的谎，而正是这个谎言让你陷入麻烦之中；或许你选择了一条捷径完成某事，却一步错步步错，最终代价惨重；或许你认为自己做出了正确的选择，到头来却是为自己种下了一枚苦果。

在你决定将这个错误变成恩福时，先要寻找其中值得感恩的方面。为助你完成这个步骤，你可以问自己两个问题：

我从这个错误中学到了什么？

这个错误带来了哪些积极的东西？

最重要的是，对每个错误都怀有感恩，是因为我们能从错误当中学到东西。不管你犯了什么样的错误，当中总会有一些积极的因素让你的未来向好的方面发展。审视你所犯的错误，看看能不能找出值得感激的十个方面。每个方面都蕴藏着神奇的力量。将这几个方面记录在你的感恩日记里，或是输入电脑。

让我们以刚刚提到的车子因超速行驶被警察拦截，最后因祸得福的事件为例：

1. 感谢警察保护我，让我的生命免受伤害，因为不管如何，将我拦下正是他想保护我的表现。

2. 感谢警察，坦白地说，刚刚我并没有专心开车，心里正在想着其他的事。

3. 感谢警察，车子轮胎该更换了，这时候在路上疾驰确实愚蠢至极。

4. 感谢警察的及时警告，他拦下了我的车，让我今后能够更加注意行驶速度，小心驾驶。

5. 感谢警察，当时的我竟然认为自己不会被发现而心存侥幸，丝毫没有意识到自己正身处危险之中。警察的严肃制止令我的头脑重新清醒，我的行为让自己和他人的生命都受到了威胁。

6. 感谢警察，假如其他司机的超速行为威胁到我家人的生命，我也会期望警察将他拦下来。

7. 感谢警察，他们这样做是为了确保路上的每个人以及每个家庭的安全。

8. 感谢警察，他们一定目睹过许多惨痛的事故，他们所做的只是为了保护我以及我家人的生命安全。

9. 感谢警察，让我安全到家，我可以和从前一样迈进家门，享受家人团聚的幸福。

10. 感谢警察，在任何终止我进行冒险行为的后果中，只有警察将我拦下的这个后果的危害最小，这是我生命中的大幸。

我强烈建议大家选择一个自己犯下的无法释怀的错误，在闲暇时间，进行这个神奇的练习。仔细审视这个错误，通过这种方式你就可以获得更多的恩福！世界上还有哪样东西如此神奇呢？

魔力练习事项 26

由祸至福的魔力转变

1. 数算你的恩福：列出你生命中值得感恩的十项恩福，并写下每一项感恩的*理由*。重读一遍写下的感恩项。然后念三遍魔咒：*谢谢、谢谢、谢谢，* 尽最大努力体会心中的感激之情。

2. 选择**一个**你曾经犯下的错误。

3. 找出这个错误中值得你感激的**十个**积极的方面，并将它们记录下来。

4. 为了能够让你更容易找出这些积极的方面，你可以问自己这样两个问题：*我从这个错误中学到了什么？这个错误带来了哪些积极的东西？*

5. 今晚入睡前，一只手握住你的感恩石，对一天内所发生的最美好的事，说一声"*谢谢*"。

第27天

魔镜

"一切事物的外表都会随着你的心境发生变化，因此我们在某件事物上所看到的神奇和美丽，恰恰折射出我们内心的神奇和美丽。"

卡里·纪伯伦（1883—1931）
诗人和艺术家

你可以耗费余生，为了改造周围的环境使之更符合自我的想象而疲于奔命，你追逐并实现一个又一个设定的目标，不停地抱怨周围的人和事，努力想过充实的生活，实现所有的理想。然而，如果你能够将感恩的态度作为一种生活方式，周围的世界就会发生神奇的变化——如同你所渴望的那样。你的世界发生神奇变化是因为你的变化，因此你将变化吸引到了你的身边。

迈克尔·杰克逊一首歌的歌词中曾经出现了甘地所说的饱含哲理的话："人是一面镜子。"这句话曾经影响了许许多多的人，因为它所传递的是这样一个强有力的信息：

改变镜中的自己，你身边的一切也将随之改变。

如果之前你一直坚持进行了 26 天的魔力练习，那么今天的你已然改变！尽管有时很难察觉你身上的变化，但在幸福感方面，你已然可以感受到这个变化，你会看到生活上的一些改善，以及你周围的环境里出现的神奇变化。

你进行感恩练习的目的或许是为了你的家人和朋友，或许是为了你的事业、金钱、健康、梦想，甚至是为了某天和你擦肩而过的某个人。但是这些练习受益最大的还是你本人。

当你对着镜子中的人表达感谢时，所有的不满、失望，以及认为自己不够好的焦虑就会通通消失不见，这样，生活中所有令人感到不满、失望和焦虑的环境也会随之消失。

你个人的负面情绪会给你的生活带来极大的伤害，因为这些情绪比其他任何情绪都要强烈。不管你去往哪里，也不管你做什么，只要此时你的心中存留负面的情绪，那么你所触摸过的东西都将被笼罩在负面情绪的阴影之下。这种情绪就像磁石一样，给你招致更多的不满、失望和焦虑。

如果你对*自我*怀有感恩，那么你就会吸引那些让你对*自我*感到更满意的环境。因此，你需要保持积极的心态，这样才能让你的生活更加顺利。感恩的心会让你变得更加富足！

"（*对于自我*）心怀**感恩**之人，将被赐予更多，变得富余。（*对于自我*）不存**感恩**的，连他所有的，也要夺去。"

进行魔镜练习，现在就站在一面镜子前。直视镜中的身影，全身心地投入，大声说出魔咒：*谢谢*。这需要你拿出比以往更多的真诚。*感谢你以你现在的状态存在着！感谢一切构成你存在的因素！*这种感谢需要比你以往所表达的任何感谢都要强烈！感谢，因为*你就是你*！

在今天接下来的某个时间，你需要继续对镜中的美丽身影表达感谢，每次在镜子中看到自己时都要说出魔咒：*谢谢*。如果你所处的场合不便大声说出魔咒，那么你可以在心中默念。如果*你*真的足够勇敢，可以对着魔镜说出你感激自己的三件事。

　　将来，如果由于某些原因你对自己产生不认同的感觉，那么至少你要明白，还有一个人比世界上的任何人都值得拥有你的感激——那就是镜中的自己！

　　心怀感恩，你就不会在犯错时苛责自己。心怀感恩，你就不会纠结于自身的缺点。对目前的状态心怀感恩，你就会感到很幸福，而你的幸福感会吸引更多令你感到高兴的人、事和神奇的状况来到你的身边。如果你能够看到镜中人身上的神奇之处，那么你的全部生活都将发生不可思议的变化！

魔力练习事项 27

魔镜

1. 数算你的恩福：列出你生命中值得感恩的十项恩福，并写下每一项感恩的*理由*。重读一遍写下的感恩项。然后念三遍魔咒：*谢谢、谢谢、谢谢*，尽最大努力体会心中的感激之情。

2. 今天，每当你看着镜中的自己时，都要记得说声*谢谢*，说这句话时需要你拿出比以往更多的真诚。

3. 足够勇敢的话，你可以对着镜子说出你感激自己的**三件**事。

4. 今晚入睡前，一只手握住你的感恩石，对一天内所发生的*最美好的事*，说一声"*谢谢*"。

第28天
铭记魔力

"魔力就是如此，你知道它一直就在那里，
包围在你周围，时刻等待着你的召唤。"

查尔斯·德·林特（生于 1951 年）
作家和凯尔特民间音乐家

　　每一天都与众不同，我们的生活中没有完全相同的日子。每天发生的美好的事情也都是完全不同的，因此你需要时常回忆昨日生活给予你的恩福，这能够让你时刻铭记感恩的魔力。不论这种练习重复多少次，每一次你的感受都会是不同的，这也是为什么"铭记魔力"在所有反复进行的练习中效果是最显著的。不管现在你有什么愿望，也不管将来你会有什么愿望，这项魔力练习的效果将对你的人生产生最深刻的影响。

　　回忆昨日的美好经历最简单的方式是，在一天的开始，当你清晨从睡梦中醒来，就让思绪回到昨天，想想从昨天清晨、下午、晚上，一直到上床休息这一天来所发生的重要事情。这样的回忆对我们来说应该并非难事——让思绪像放电影一般将昨天发生的一幕幕重现，那些美好的经历也会像气泡一样从记忆的底层翻腾而出。

你可以用一个问题开始这个练习：

昨天都发生了哪些令人愉快的事情？

当你问出这个问题时，大脑会立刻为你搜寻答案。有没有听到哪些兴奋的消息？有没有愿望神奇地变成了现实？有没有感到特别快乐？有没有突然收到一个许久未联系的朋友的音信？有没有哪件事十分合你的心意？有没有接到什么高兴的电话或邮件？有没有获得别人的赞美，或是别人向你表达的感激？有没有人帮你解决难题？有没有帮助过别人？有没有完成或是开始了某项令你兴奋不已的工作？有没有吃到自己喜欢的食物，或是看了一场精彩的电影？有没有收到什么礼物，或解决了难题，或召开了一次气氛热烈的会议，或和某人共度了一段时间，或进行了一场获益匪浅的谈话，或为你想要实现的理想做了个规划？

铭记感恩的魔力，将昨天发生的美好经历记录在电脑上，或是写在你的感恩日记里。将昨天所发生的一切回顾一遍，直到你心满意足地找到生活赐予你的恩福。这些事情或琐碎或重要，但生活的恩福不在大小，而在你能发现多少，以及你心里怀有多少感恩。回忆起一件事就用符号对这件事进行标注，用一句魔咒表达心中的感恩——谢谢。

如果今天不想进行这个练习，你也可以将两个步骤交叉进行，几天时间专门记录你的恩福，几天时间专门回忆这些恩福，你可以大声说出或是在心里念出这些事情。或者你也可以列出一个更加详细的清单，写明对每件事感恩的原因。

没有特别规定要回忆起多少件令你感恩的事，因为每一天都不相同。但我敢肯定，生活的每一天都会有美好的事情发生，你只有睁开双眼去感受这份美好，只有敞开心扉去体会，才会发现你的人生竟然如此壮丽、富足。

"心怀感恩之人将被赐予更多，变得富余。不存感恩的，连他所有的，也要夺去。"

铭记感恩的魔力——它将因你而生！

魔力练习事项 28

铭记魔力

1. 数算你的恩福：列出你生命中值得感恩的十项恩福，并写下每一项感恩的*理由*。重读一遍写下的感恩项。然后念三遍魔咒：*谢谢、谢谢、谢谢*，尽最大努力体会心中的感激之情。通过书中的练习，你已经写下二百八十项值得感恩的恩福。

2. 铭记感恩的魔力需要你去回忆昨天所发生的美好的事，并将它们记录下来。问自己这个问题：*昨天都发生了哪些令人高兴的事？* 搜寻关于昨天的记忆，直到你对所发现的美好经历感到满意，并将这些经历记录下来。

3. 在回忆昨天的每一个美好经历时，都要在心里默念魔咒：*谢谢。*

4. 过了今天，你可以将之前发生的美好经历写下来，也可以大声说出或默念这些经历。你可以对昨天值得感激的事情列出一个简单的提要，或是列出一个详细的列表，附上感激的原因。

5. 今晚入睡前，一只手握住你的感恩石，对一天内所发生的*最*美好的事，说一声"谢谢"。

你充满魔力的未来

每个人都是自己人生的缔造者，感恩是你召唤魔力的神器，你可以因此获得一个精彩的人生。通过这些感恩练习，你已经为自己打下了一个基础，现在你要利用感恩这把神器，为通向幸福的人生建造台阶。你的人生将因此越走越高，直到天上的星星触手可及。感恩的尝试永无止尽，通向美好人生的阶梯也将永无止尽。就像宇宙中的星辰，浩瀚无边！

"谈论感恩令人谦恭而快乐，推崇感恩令人慷慨而高尚，以感恩的心生活，你将触摸到天堂。"

约翰内斯·A.加尔特纳（1912—1996）
教授、神学家和诗人

想要在幸福的道路上永远前进，你就需要保持以前所建立起的感恩的基础，感恩情绪的增强可以让这一基础不断加固。感恩的魔力练习进行得越多，你的感恩情绪就会越深刻，你因此花在感恩练习上的时间也将越来越少。你可以参考这样的练习方法：

一周连续三天进行铭记感恩魔力的练习，或是将这个练习和你选中的其他两项魔力练习组合起来，这样能够让你维持感恩现有的情绪水平，不断进行魔力练习能够让你的生活变得越来越美好。例如，你会选择今天进行铭记感恩魔力的练习，第二天进行魔力作用下的人际关系练习，第三天再进行魔力作用下的金钱练习。

一周连续四天进行铭记感恩魔力的练习，或是将这个练习和你选中的其他三种魔力练习组合起来，这样能够帮助你维持现有的感恩情绪水平，并加速魔力的出现。

一周连续五天进行铭记感恩魔力的练习，或是将这个练习和你选中的其他四种魔力练习组合起来，这样能够急速增强你的幸福感，并立刻召唤魔力帮你解决生活方方面面的难题。

一周连续六或七天进行铭记感恩魔力的练习，或是将它同你选中的其他魔力练习组合起来，你就会成为一名真正的炼金术士，拥有点石成金的魔力！

魔力练习的建议

想要让感恩的魔力持续关照生活的一些重要方面，例如幸福感、健康、人际关系、工作、金钱以及你所拥有的物质财富，你可以一周进行一次针对该方面的专门练习。不过，如果你想要在某个方面增强这种魔力，就必须增加针对这一方面的感恩练习强度，一周练习数天。假如你此时被疾病困扰，你可以每天进行针对健康的魔力练习，甚至一天练习数次。

　　下面的建议可以作为帮助你将魔力的练习效果最大化的指导说明。在相关的方面按照这一指导，一周最少进行三次练习，每一个推荐练习的项目一周至少要进行一次：

人际关系

　　魔力关系—第 *48* 页

　　魔法粉末—第 *109* 页

　　人际关系魔力修复剂—第 *147* 页

　　魔杖—第 *211* 页
　　（魔杖练习既适用于你认识并留有其照片的人，也适用于你不认识且没有照片的人。）

　　魔镜—第 *233* 页

　　铭记魔力—第 *238* 页

健康

魔力健康—第 58 页

魔法粉末—第 109 页

健康的魔力和奇迹—第 155 页

你所呼吸的魔力空气—第 205 页

魔杖—第 211 页
（魔杖练习既适用于你认识并留有其照片的人，也适用于
你不认识且没有照片的人。）

铭记魔力—第 238 页

金钱

魔力金钱—第 66 页

财富磁铁—第 99 页
（如果之前你没有进行过财富磁铁的练习，那么至少保证
完整地进行过这个练习的所有步骤一次；如果你总是进行
这个练习，那么可以直接跳到该练习的第四步。）

魔力支票—第 163 页

魔杖—第 211 页
（魔杖练习既适用于你认识并留有其照片的人，也适用于
你不认识且没有照片的人。）

工作

（在进行魔杖练习以获得工作方面的改善时，你也可以祈祷周围的人获得成功，这种祈祷能够让成功更快地出现在你的生活中。

魔杖练习既适用于你认识并留有其照片的人，也适用于你不认识且没有照片的人。）

愿望

（如果之前你没有进行过让你的心愿成真的练习，至少保证完整地进行过这个练习的所有步骤一次；如果你总是进行这个练习，可以直接跳到该练习的第三步。）

魔法石

你可以将魔法石练习作为日常生活的一部分，将魔法石放在你的枕边，入睡前花些时间回忆一天中所发生的值得感恩的事。你也可以将魔法石随身装在衣服口袋里，每次触摸到它时就去思考一下值得感恩的事情。

魔法粉末

你也可以将魔法粉末练习融入日常的生活。除了将这神奇的粉末撒向那些为你提供便利的人，在很多其他方面同样可以用到这个练习。你可以将魔法粉末撒在每个人或者每件事上！假如你的老板脾气有些火暴，你可以暗中将魔法粉末撒在他的身上。你也可以在家人和你爱的人心情不好的时候，将魔法粉末撒在他的身上，甚至可以将魔法粉末撒向任何一个需要给生活增添魔力的擦肩而过的人。无论你去哪里，都可以随时召唤魔法，将魔法粉末撒向孩子，撒向你种植的植物或花园，撒向你吃的食物或喝的水，撒向你的钱包、汽车，或者在接、打电话之前撒到你的手机上，或者撒向任何一个你想要改善的局面。只要你能够想到的，魔法粉末都可以派上用场！

魔力永无止境

　　我每天都会进行感恩练习，对我而言这已成为我生活中不可或缺的一部分，这么多年来，我一直坚持感恩练习，从未有过一天的间断。感恩已经渗入我的每个细胞、融入我的性格，并深深地烙在了我的潜意识当中。

　　但如果我们每天琐事缠身导致练习间断，一段时间过后，魔力就会消失。我将生活中的魔力作为检测感恩练习是否充分的一个标准，以判断自己是否需要加强练习。我经常会审视自己的生活，如果感到不快乐，我就会加大感恩练习的强度。如果生活的某个方面出现了一些问题，我会立刻针对这一方面进行相关的感恩练习。

　　现在的我不会被外表的假象所迷惑，从每件事当中我都能找出值得感恩的美好方面，因为我知道它一定存在。接下来，"噗"的一声烟雾升起，所有的烦恼和不愉快都不可思议地消失了！

"我会对一些哪怕琐碎的事表达我的谢意，感谢的心情越强烈，我所获得的奖励就会越丰厚，这是因为你所关注的范围扩大了。当你将注意力集中于生活中的美好，你就会创造更多的美好。机会、人际关系，甚至是财富—不管发生任何事情—都会随着感恩而慢慢流向我的生活。"

奥普拉·温弗瑞（生于 1954 年）
媒体人和商人

通过感恩练习，你驭使了宇宙一条普遍适用的法则；这是宇宙对你的一项馈赠，它的存在就是为了让你利用它以改善自己的生活。

宇宙和你

感恩的心甚至可以为你的生活带来无穷尽的富足。而这种生活状态的达成，需要你和宇宙和谐共处。当然，如果你喜欢，我们还可以将其称为你和精神或上天之间的和谐共处。

你可以将宇宙想象为和你分离的一个存在，在你对宇宙进行遐想时，你可以向上看天空。因为宇宙自然是位于你的上方，当然也可以在你的下方、后方或是身旁，可以在每个事物或每个人的内部。这就意味着宇宙在你的体内。

"高者来自低处，低者来自高处，这就是道的妙用。"

翡翠石板（约公元前 5000—前 3000）

宇宙就在你的体内，其本质就是为你所用，它渴望你能够获得更长久的生命、更多的健康、更多的爱、更多的美丽以及更多你想要的东西。明白了这些道理，你就会对宇宙赐予你的一切产生真挚的感激，你也将因此建立起与宇宙之间的联结。

对于宇宙给予你的恩赐所怀有的感恩情绪越强烈，你和宇宙之间的关系就会越亲密——这时候你就会达到我们所渴望的那种境界，感恩的魔力为你带来无穷尽的富足。

敞开你的心灵完全接受感恩的洗礼，拥有了它，你就能触及任何与你生命交会的人的灵魂，你会成为宇宙的朋友，地球上的恩赐将会源源不断地汇入你的生活。当你同宇宙建立起这种亲密无间的关系，当你能够感受到体内宇宙同你的亲近，从这一刻开始，整个世界就是属于你的，没有什么是你成为不了的，或无法拥有的，或做不到的！

感恩就是最终答案

感恩能够修复破碎的人际关系，改善健康、财富和幸福感。感恩能够消除恐惧、焦虑、悲伤和抑郁，为你带来幸福、明澈、耐心、仁慈、同情、理解以及内心的宁静。感恩将问题的答案以及各种机会送到你的身边，你将因此实现自己的梦想。

每个成功的背后都需要感恩的支持，感恩会为你打开那扇窗，让新的想法和发现涌现，这一事实已经被牛顿和爱因斯坦这些伟大的科学家所证实。想想如果每个科学家都能沿着他们的脚印行进，人类对这个世界的认识将被推进到新的领域，人们将打破现有的认识局限，科技、物理、医学、心理学、宇宙乃至科学各个领域都将产生许多足以改变人类历史的重大发现。

如果感恩在校园普及并成为一门课程，我们将有机会见证在此影响下的一代把人类文明带到一个新的高度，争端消除，战争终止，和平之光笼罩整个世界。

未来引领世界的国家，其领导人及其国民必将是最虔诚的感恩者。一个国家的国民如果心怀感恩，会让整个国家变得富裕强大，疾病和灾患将在极大程度上得以消除，生产和贸易得以兴盛，举国上下洋溢着幸福和安宁。除此之外，贫穷将会消失，没有一个人再需忍饥挨饿，因为一个感恩的国家绝不会允许这种情况出现。

对感恩的神奇力量理解得越深刻，感恩的魔力也将越迅速地在全世界传播开来，由此将会引发一场感恩的革命。

让感恩如影随形

不论去哪里都要记着带上感恩的心。让感恩的魔力渗透进你的每一分感情、你邂逅的每一个人、你参加的每一次活动，以及面临的每一个情境，这样你的梦想就会变为现实。如果有一天，生活中出现的难题让你茫然或手足无措，不要焦虑或害怕，召唤感恩的魔力，对生活的其他事表达你的感谢。当你有意识地对生活中的美好表达感谢时，你所面临的难题将会发生不可思议的改变。

"我们为他（人类）指出了那条路：你可以选择感恩或不感恩（取决于他的个人意志）。"

《古兰经》（完人 76:3）

说出魔咒：*谢谢*。不论是你大声地说，还是站在山巅高喊，或是自言自语，或是在心中默念，或是用心去感受，也不管你去哪里，从今天开始，这感恩的心、感恩的魔力将会如影随形。

想要拥有富足和幸福的生活，答案就在你的嘴边，在你的心底，一切都已具备，只等着你召唤魔力的到来。

朗达·拜恩

关于朗达·拜恩

一部电影《秘密》，风靡了整个世界，也成就了朗达的职业生涯，该电影由她所写就的《秘密》一书改编，这本书曾经作为最畅销书籍被译成 47 种语言，发行量超过 2000 万本。

《秘密》连续 190 周盘踞《纽约时报》最畅销书排行榜，最近被《今日美国》评为过去 15 年最畅销的 20 本书之一。

朗达在 2010 年的著作《力量》延续了之前的骄人成绩，成为《纽约时报》的畅销书，目前已被译为 43 种语言。